I0784598

Volveré a ti

PATRICIA SUTHERLAND

Serie Sintonías, 0

1ª edición: diciembre 2014
© 2014 Patricia Sutherland.
Ediciones Jera. Colección Jera Romance
www.jeraromance.com

ISBN: 978-84-941380-4-1

Diseño de cubierta: Nune Martínez
JR00 – Volveré a ti
Serie Sintonías, 0
Romance contemporáneo (relato)
Nivel de erotismo: ♥(Suave)

A mis padres.

Siempre serán la luz que alumbra mi camino.

A mis lectoras.

Por su pasión contagiosa,

por su fidelidad y

por su inestimable apoyo.

1

Jueves 24 de diciembre de 1992.
Rancho Brady,
Camden, Arkansas.

Eileen colgó el teléfono y se puso en marcha. Al igual que todos los veinticuatro de diciembre a aquellas horas tenía la casa manga por hombro. Un desastre de regalos a medio envolver encima de la mesa, el suelo sembrado de restos de papel metalizado procedente de las figuras navideñas que decoraban las paredes y que aún no le había dado tiempo a recoger. Por no hablar de la cocina, con la pila repleta de utensilios por lavar y las dos bandejas del horno trabajando a destajo, haciendo que toda la casa oliera a cordero. Definitivamente, pensó, su hogar no estaba en las condiciones idóneas para recibir visitas, pero no había podido negarse.

La Navidad era una fecha especial para la familia Brady. Varias semanas antes comenzaban los preparativos en los que participaban todos, niños y adultos. Durante la víspera, sin embargo, era cuando la actividad se tornaba casi frenética, ya que Eileen aprovechaba para dar los últimos toques al decorado, envolver los regalos de última hora y dedicarse de lleno a los manjares con los que obsequiaba a su extensa familia. Le gustaba que su hogar se impregnara de la esperanza y la alegría de la que se hacía eco buena parte del mundo, aunque no profesaran el culto cristiano, y se empleaba a fondo en ello. También era especial en el sentido de que era el único día del año en el que las dos plantas del caserón de estilo victoriano lucían desiertas durante varias horas gracias a que el cabeza de familia se llevaba a su numerosa prole, compuesta de tres hijos biológicos y un número variable de hijos ajenos en acogimiento, a pasear por la ciudad y a saludar a viejos amigos.

Una vez en el pasillo que comunicaba con todas las estancias de la planta principal, Eileen se detuvo. La asistente social había dicho que le tomaría unos cuarenta minutos llegar al rancho Brady. ¿Por dónde empezar? Al fin, decidió que entre su larga lista de cosas aún por hacer aquella mañana, solo una era verdaderamente importante y necesaria.

La mujer de físico rotundo y cabello corto, sembrado de abundantes mechas rubias, se encaminó con paso rápido hacia el final del corredor ante el que se abría la elegante escalera que conducía a la planta superior.

◆◆◆◆◆

Blanche Rutherford llevaba dos décadas y media trabajando como asistente social en el Servicio de Acogidas de la región. Estaba acostumbrada a verse atrapada entre los fallos del sistema y la desidia humana, muchas veces teñida de inusitados niveles de crueldad. A menudo, el bienestar de los niños que estaban bajo su supervisión dependía de su capacidad de resolver la situación por sus propios medios para lo cual era imprescindible mantener la cabeza fría. Aparcar las emociones, dejar que las ideas afloraran, y proceder con la mayor rapidez posible. Pero cuando se trataba de la niña que ocupaba el asiento del acompañante en su coche mientras se dirigía al rancho Brady, la fórmula no acababa de funcionar.

Hacía unos pocos meses que el expediente de Gillian McNeil había quedado a su cargo —desde que su madre había abandonado su Elm Springs natal para trasladarse a Bearden, en el condado de Ouachita—, y esta era la tercera vez que la escena se repetía; la niña y sus petates en el coche, rumbo a un nuevo traslado. La primera vez se había debido a un error judicial; la segunda a las desgracias, que nunca venían solas, y menos cuando se trataba de la niña de largos cabellos que miraba por la ventanilla, a su lado.

Leyendo su expediente era imposible no pensar que cargaba la mala fortuna a la espalda, a modo de mochila, prácticamente desde que abrió sus ojos al mundo. Su padre había muerto en la cárcel cuando ella aún no había cumplido cuatro años, y su madre, una alcohólica drogadicta reincidente, permanecía ingresada en el hospital adonde la habían trasladado de urgencia debido a una sobredosis de heroína, con pronóstico grave. Suponiendo que consiguiera salir adelante, pasaría directamente a un centro de desintoxicación. Las familias dispuestas a acoger adolescentes no abundaban en la región, pero un poco rogando y otro mucho cantando las cualidades de esta niña en cuestión había conseguido convencer a una antigua "madre de acogida", que se había retirado del servicio al enviudar. Era una buena mujer, con un buen pasar, y Blanche Rutherford estaba convencida de que estar juntas sería beneficioso para las dos. Por lo visto, la mala fortuna se había puesto a trabajar nuevamente; un resbalón a causa del hielo que cubría buena parte de los caminos, la consiguiente caída y una fractura de cadera habían dado al traste con todo. La mujer se recuperaría, afortunadamente, pero su hija mayor se la llevaría a su casa en cuanto le dieran el alta, por lo que la pequeña Gillian volvía a estar en la calle.

Y lo peor, que la niña aún desconocía, era que la batería de análisis clínicos que le habían hecho a su madre revelaban que padecía una enfermedad hepática degenerativa.

Los Brady siempre eran el último recurso de Blanche Rutherford, y no porque no quisiera confiarle sus niños. Todo lo contrario. Si de ella dependiera, se los entregaría a todos con los ojos cerrados. Sabía que no existía en el mundo un lugar mejor. Sin embargo, desde que sus propios hijos habían entrado en la adolescencia, el matrimonio había decidido hacer un paréntesis para poder dedicarse de pleno a esa etapa en la que sus hijos requerían una atención y seguimiento especiales. Era lo único que le habían pedido en veinte años de disponibilidad plena, y recurrir a ellos en esta ocasión le había sabido mal, pero realmente se había quedado sin opciones. En plena Navidad, sus posibilidades de encontrar otro hogar para Gillian antes del año nuevo eran igual a cero. Por suerte, tal como había imaginado, Eileen Brady no había dudado un solo instante en decir que sí.

Mientras esperaba que la verja se abriera, dándole paso a la explotación agrícola-ganadera más importante de la región, la asistente social miró a la criatura menuda que no aparentaba en absoluto sus casi catorce años. Ser una niña de acogida y acabar entre los Brady era tener muy buena estrella. A cualquier otra niña se lo habría dicho, para animarla, pero para alguien con sus antecedentes habría sonado a burla. La vida había sido muy cruel con aquella niña.

—Te vas a enamorar de los Brady, Gillian —le dijo, y a continuación se aproximó y depositó un beso tierno sobre su mejilla—. Y ellos se van a enamorar de ti.

Blanche Rutherford la vio asentir con un esbozo de sonrisa que acabó convertido en un gesto indefinible, tras lo cual la niña exhaló un suspiro nervioso y continuó mirando por la ventanilla.

Eileen se puso en marcha en cuanto oyó el sonido de un vehículo que se acercaba por el camino que atravesaba el rancho de un extremo al otro. Bajó las escaleras del porche y cruzó el jardín en dirección a la verja, junto a la que esperó, bajo el paraguas, que el utilitario se detuviera. El día había amanecido con una gruesa capa blanca cubriendo el suelo y la tregua de apenas unas horas que la nevada les había concedido, había tocado a su fin. Entorpecía el tráfico y convertía las aceras en superficies resbaladizas, pero no pudo evitar pensar que, como todo en la vida, esto también tenía su lado bueno; otra batalla de bolas de nieve a cargo de sus hijos volvería a llenar el jardín de risas y gritos. Y aquel día, especialmente, le parecía una bendición. Quizás la niña menuda del gorro marrón calado hasta las orejas que estaba a punto de convertirse en la nueva habitante del clan Brady se uniera al juego. Quizás, aunque fuera por un rato, entre todos consiguieran que se olvidara de sus penas, que no sufriera por su madre ni por ella misma, que no sintiera miedo... Quizás, aunque fuera solo durante un rato, la pequeña pudiera reír y jugar.

Sin esperar a que la delgada y canosa mujer hiciera las presentaciones, Eileen las saludó con un gesto de la mano y se acercó a la niña que descendía del coche, resguardándola bajo el paraguas.

—Bienvenida a casa, Gillian. Soy Eileen Brady. Ven, cariño —le ofreció su mano—, que te acompaño hasta el porche y vuelvo a por tus cosas. No quiero que te enfríes.

Blanche Rutherford no llegó siquiera a responder el saludo. Permaneció contemplando la escena con una sonrisa en los labios. Muy quieta y muy atenta, como si no estuviera cayendo una recia nevada del cielo. Hacía por lo menos año y medio que no venía al rancho Brady, y casi había olvidado los modos sencillos pero tremendamente afectivos de la dueña de casa, la facilidad con la que hacía que todo el mundo se sintiera cómodo a su lado, aunque fuera la primera vez que se veían las caras. Siempre le había parecido un ser deslumbrante, un alma hermosa, y al ver el brillo en los ojos de la niña, la forma en que la miraba una y otra vez, como si no acabara de creer que fuera real, la forma en que todo su lenguaje corporal se relajaba poco a poco, su admiración por Eileen Brady volvió a crecer.

Vio cómo la mujer dejaba a la niña en el porche y regresaba junto al coche con aquel paso ágil, cadencioso, que también casi había olvidado.

—Sé que conducir con nieve no es agradable, pero ha convertido su previsión de cuarenta minutos en casi hora y cuarto, y eso me ha venido muy bien para poder preparar la habitación de Gillian. ¡No hay mal que por bien no venga! —dijo Eileen al tiempo que tomaba los dos bolsos raídos que la asistente social tenía a su lado, y al hacerlo, añadió asombrada—. ¿Solo estos dos bolsos?

—Me temo que sí.

Un suspiro fue todo lo que salió de su boca y la asistente social tuvo claro lo que pensaba aunque no lo comunicara verbalmente. Sin embargo, cuando Eileen volvió a mirarla con aquellos grandes ojos claros, parecía la misma mujer afable de siempre.

—No se preocupe por nada. El lunes John irá a verla para todo el papeleo. Me gustaría invitarla a pasar y tomar un café, pero creo que será mejor que Gillian y yo estemos un rato a solas antes de que vengan los chicos… Y ya no tardarán mucho. No le importa, ¿verdad?

—Por supuesto que no. Muchas gracias por todo, señora Brady. No sabe el gran favor que me ha hecho…

Eileen le estrechó la mano y se encaminó hacia el porche, portando las escasas pertenencias de su nueva niña de acogida.

—¡Vuelva el fin de semana, señora Rutherford! —exclamó desde la puerta de su casa, animadamente—. ¡Está invitada a un buen chocolate caliente con tarta!

La asistenta social esbozó una sonrisa y se despidió con un gesto de la mano.

◆◆◆◆◆

Después de un paseo rápido por las distintas estancias de la casa para que Gillian se fuera ambientando, Eileen la condujo a la planta alta, a la que de ahora en adelante sería su habitación. Dejó los bolsos junto a la puerta y con gesto cómplice, la abrió.

—Estos son tus dominios; aquí solo entrará quien tú quieras y cuando tú lo desees —le dijo al tiempo que se apartaba del quicio de la puerta, animándola a entrar, y añadió en tono de confidencia —. Aunque espero que me des permiso para hacerte la cama y cambiar las flores cuando se marchiten… ¿Te gusta?

Gillian puso un pie en la habitación y sus ojos recorrieron la estancia, asombrados. Se quitó el gorro despacio, enmarañando los mechones más cortos de su larga cabellera que ni siquiera atinó a volver a acomodar. Toda su energía estaba concentrada en no perderse detalle de lo que veía; era la habitación más grande y más bonita que había visto jamás.

El mobiliario era oscuro, de aspecto robusto y estilo señorial, como el del resto de la casa, pero la abundancia de color en cortinas, ropa de cama y demás elementos decorativos conseguía darle el toque alegre adecuado a una habitación de uso juvenil. La cama, que estaba situada sobre una mullida alfombra roja, tenía un tamaño acorde a la habitación. Tanto que Gillian pensó si, de verdad, no le tocaría compartirla con algún otro miembro de la familia. La colcha estaba hecha de *patchwork* de colores chillones igual que la media docena de almohadones que había sobre ella y la pantalla del velador que había junto a la cama, sobre la mesilla de noche. Había un gran armario de tres puertas en la pared donde estaba situada la puerta y un pequeño sillón de color claro junto a la ventana, en la pared opuesta. Pero lo que Gillian se quedó mirando, embobada, fue un precioso escritorio antiguo con persiana, como los que salían en las películas de palacios y princesas.

Le tomó varios segundos pronunciarse en voz alta y cuando lo hizo su expresión reflejó tanta sorpresa como el tono de su voz:

—¿Esta es mi habitación?

Eileen asintió súper animada. Se dirigió hacia el mueble escritorio que tanto le había llamado la atención a Gillian.

—¿Y sabes lo mejor? —extrajo algo de uno de los cajones y a continuación empujó suavemente la persiana hasta cerrarla y con gesto triunfal enseñó lo que guardaba en la mano—. ¡Tiene llave!

Los ojos de Gillian se iluminaron. Eileen se la entregó con una sonrisa.

—Las chicas necesitamos un lugar secreto donde guardar nuestras cosas más personales y con esa carita de ángel y ese pelo precioso seguro que tienes *muchas* cartas de amor que guardar. Yo también tengo mi lugar secreto —continuó la dueña de casa, guiñándole un ojo.

—¿Sí? —replicó Gillian, interesada. Eileen asintió varias veces con la cabeza—. ¿Y qué guarda, señora Brady?

—Uffff… muchas cosas… Cartas de mi John, pétalos de las flores que me regala, un montón de fotos… —mientras hablaba se aproximó a la niña y le acomodó el cabello enmarañado—. ¡El primer diente de cada uno de mis hijos! Porque tengo tres preciosos hijos, ¿sabes? Dos chicos y una chica: Mandy, que es un poco mayor que tú, ya tiene los 14; Jason, de 16 y Mark, que acaba de cumplir los 18 —vio que Gillian asentía y dedujo que la asistenta social le habría hablado de su nueva familia de acogida—. En un rato los conocerás… Ah, y por favor, no me llames "señora". Mi nombre es Eileen.

La mujer exhaló un suspiro y echó un último vistazo complacido alrededor. Aún quedaban unos cuantos detalles, pero teniendo en cuenta el poco tiempo del que había podido disponer, estaba bastante satisfecha con el resultado.

—Bueno, pequeña, te dejo para que deshagas tu equipaje. A mí me espera una pila llena de cacharros y preparar el resto de la cena.

Gillian asintió y permaneció mirándola sin decir nada. Eileen tuvo la impresión de que era como si no se atreviera, lo cual tampoco le extrañó. Haría falta tiempo y mucho afecto para conseguir que se sintiera cómoda entre los suyos.

—¿Has hecho alguna vez *cookies*? —le preguntó, pero al instante, el recuerdo de los dos bolsos raídos de Gillian regresó a su mente y cayó en la cuenta de que una madre que ni siquiera atendía las necesidades más básicas de su hija, mal podía preocuparse de enseñarle nada, y menos aún repostería. Sin darle tiempo a responder, continuó—: Las de almendra son las favoritas de Mandy. La repostería es divertida, me gusta, y además, ¡las *cookies* están buenísimas! Luego, si quieres, ven a la cocina y las hacemos juntas…

Esta vez, la niña le ofreció una sonrisa algo tímida que Eileen devolvió. Sin embargo, como no deseaba que se sintiera obligada a nada, no insistió. Se dio la vuelta y abandonó la habitación.

Gillian no dejaba de mirarla porque no podía y no se mostraba conversadora, cuando en realidad lo era, en parte por timidez de recién llegada, pero principalmente por asombro. Entrar al rancho Brady había sido como perderse entre las páginas de un cuento de hadas, y al ver a la mujer regordeta, envuelta en un grueso abrigo azul que se acercaba bajo un paraguas, tuvo la inexplicable certeza de que ella era su hada madrina.

Años más tarde, de hecho, Gillian reconocería que fue en aquel preciso momento cuando supo que esa mujer, de la que entonces apenas conocía su nombre, marcaría su vida para siempre.

John consiguió entrar en la casa justo a tiempo de librarse de las bolas de nieve que empezaron a atravesar el jardín de punta a punta. Al llegar a la cocina, tras dejar su abrigo en el mueble de la entrada y quitar concienzudamente la nieve pegada a la suela de su calzado para evitar que lo riñeran, todavía reía; sus hijos habían entrado ya en la adolescencia, pero en Navidad volvían a ser como niños. A veces tenía la impresión de que la batalla de nieve siempre seguiría formando parte de sus diversiones navideñas. Los imaginaba cincuentones, poniéndose perdidos en el jardín, y se tronchaba de risa.

—Ya estamos en casa —dijo al tiempo que rodeaba la cintura de su esposa con un brazo—. ¿Qué tal la mañana?

Eileen se llevó un dedo a los labios indicándole que hiciera silencio y asomó la cabeza al corredor. Tras verificar que estaba desierto, entornó la puerta de la cocina, y se volvió hacia su marido que la contemplaba intrigado.

—Esta mañana me llamó la señora Rutherford. Sé que habíamos decidido centrarnos en Mandy y en los chicos hasta que pasen la edad del pavo, pero era una emergencia… Una niña. Tiene casi la edad de Mandy y es huérfana de padre. Su madre es drogadicta y por lo visto, está muy mal… Blanche le había conseguido un buen hogar, con tanta mala suerte que la mujer resbaló en una placa de hielo hace unos días, se fracturó una cadera y como es viuda, uno de sus hijos se la va a llevar a casa, con su familia, así que la pobrecita se ha quedado en la calle… —Eileen miró a su marido con el alma en un puño—. Lo siento, John. No he podido negarme…

Él extendió una mano y acarició con dulzura el rostro de su mujer. Eran manos grandes, callosas, curtidas. Propias de un hombre que se ganaba la vida con ellas. A Eileen, en cambio, su tacto siempre le había sabido a terciopelo. Cerró los párpados, como hacía siempre que él le acariciaba el rostro, y su mente a toda otra percepción excepto aquella.

—¿Y cómo ibas a negarte, amor? Si está en nuestra mano hacer algo por alguien que lo necesita, debemos hacerlo. ¿Dónde está la niña?

—Arriba. En su habitación, deshaciendo el equipaje… Si a lo que trajo se le puede llamar así… El lunes por la mañana la llevo de compras… ¡Ah —exclamó de pronto, preocupada—, vas a tener que volver a salir, John! ¡No tenemos regalo de Navidad para ella, pobrecita! ¡Cómo los chicos van a tener el suyo y Gillian no!

John se apresuró a calmar a su mujer con la ternura que ella siempre le inspiraba.

—No pasa nada, no pasa nada; tendrá su regalo —dijo tomándola por los brazos suavemente—. Las tiendas no cierran hasta tarde hoy, así que después de saludarla, volveré al pueblo y le traeré algo bonito… Tú no te preocupes, que ya se me ocurrirá qué, ¿de acuerdo, hermosa mujer?

—Eres mi héroe. ¿Te lo he dicho?

—Hoy no —replicó él, con tal tono sugerente que la piel de su mujer pasó del blanco al carmesí en cuestión de segundos.

—*Jooooooohn* —lo reprendió, roja como un tomate pero igual de dulce que siempre—, los niños…

Él avanzó un paso hacia su esposa, se inclinó para estar más a su altura y le habló mirándola a los ojos ante la expresión entre incrédula y violenta de Eileen que no sabía cómo tomar aquel inoportuno avance de su marido.

—Los *niños* ya no son tan niños. No van a sorprenderse si nos ven acaramelados.

Y volvió a avanzar ante la creciente incredulidad de Eileen, cuyos ojos recorrieron la cocina y sus alrededores de un vistazo rápido para asegurarse de que seguían a solas. Luego, regresaron a su marido, brillantes… e interrogantes.

El hombre al que miraba era alto, de complexión fuerte y su presencia imponía respeto. Resultaba tan atractivo como siempre, o incluso más, ya que el paso de los años, que no había añadido apenas canas a su poblada cabellera rubia, había conseguido dotar a su rostro de ese punto de templanza propio de la madurez. En las distancias cortas, en cambio, lo que dominaba era su inefable ternura, implícita en cada gesto, en cada mirada, en cada palabra… El hombre al que miraba era John, no cabía duda. *Su John.* Pero ¿qué hacía allí, insinuándose en plena cocina, a escasos diez metros de sus tres hijos y a dos tramos de escalera de la niña de acogida recién llegada? No entendía ni una sola palabra de lo que estaba sucediendo.

Entonces, lo vio sonreír, un gesto lleno de picardía y de dulzura, y un instante después estaba entre sus brazos, mientras él la mecía a un lado y a otro, cariñosamente, y le susurraba naderías al oído.

—Es una maravilla ver cómo te transformas —le dijo al fin—. Cuando una de esas personitas entra en tu vida, la tremenda madraza que llevas dentro vuelve a brillar, llena de alegría —buscó su mirada—. Y me enamoras. Me enamoras, Eileen. Llevas veinte años enamorándome, una y otra y otra vez… Eres la mujer más increíble que he conocido jamás.

Había transcurrido más de año y medio desde la última vez que "una de esas personitas" entrara en la vida de los Brady. Había sido una decisión tomada de común acuerdo. Pero no fue hasta entonces que Eileen comprendió que él lo echaba de menos y lo necesitaba tanto como ella. Jamás lo había dicho, ni lo haría, para no añadir su pesar a una decisión que estaba claro que sabía que a su mujer ya le resultaba lo bastante dura. Así era John.

Su John.

La emoción hizo presa en Eileen y sus ojos se llenaron de lágrimas, pero él no le dio tiempo a responder. Mientras se inclinaba hacia ella, sabía que era bastante posible que sus hijos aparecieran de un momento a otro —oía a Mandy amenazar a sus hermanos con dejar de jugar si continuaban apuntando con las bolas de nieve a su cabeza, estropeándole el peinado—, o que la nueva integrante del club Brady lo hiciera.

Pero a John le dio igual, se adueñó de la boca de Eileen y la besó con toda la pasión y la admiración que ella le inspiraba, sin importarle nada más. Aquel momento era suyo y de la mujer que amaba con locura.

Aquel momento les pertenecía por completo.

◆◆◆◆◆

Gillian intentaba decidir la mejor ubicación dentro de aquella enorme habitación para los montoncitos de ropa que había dispuesto sobre la cama, cuando la algarabía proveniente del jardín atrajo su atención. Con la última prenda que había sacado del bolso aún en la mano, un jersey rojo que reclamaba su jubilación a gritos, se aproximó a la ventana.

Aquella fue la primera vez que lo vio, agachado tras un arbusto que apenas le cubría el pecho, muerto de risa, esquivando como podía la artillería de bolas de nieve que lo tenían por blanco. Y la mayoría de las veces, fallando. Y riendo aún más con esas carcajadas sonoras, contagiosas, que describían perfectamente el talante alegre y desenfadado de su dueño.

A pesar de que no era su risa, precisamente, lo que jovencitas y no tan jovencitas de la ciudad encontraban más llamativo en Jason Brady, algo que Gillian aún desconocía, en ella funcionó como un imán… Totalmente enganchada al hechizo de aquella risa imposible, incapaz de apartar sus ojos del corpulento muchacho de la parka color chocolate y la gorra de béisbol puesta con la visera hacia atrás que milagrosamente aún conservaba sobre la cabeza, siguió, sorprendida, cada una de sus graciosas contorsiones, cada una de sus caídas teatrales cada vez que alguna bola lo alcanzaba de pleno, que indefectiblemente venían acompañadas de más risas…

Hasta que él alzó la vista hasta la ventana y tras un primer instante de sorpresa, la invitó a unirse a la batalla con un gesto de la mano.

La sorpresa de Gillian fue mucho mayor.

—¿Me lo dices a mí? —le preguntó, señalándose el pecho, sabiendo que él no podía oírla porque la ventana estaba cerrada.

Las bolas de nieve continuaban volando en todas direcciones, pero él se las arregló para asentir varias veces con la cabeza y volver a pedirle que se uniera al grupo. Para entonces, sus compañeros de batalla —un chico y una chica—, que se habían percatado del gesto, también miraban hacia la ventana, y pronto todos la animaban a bajar.

Una oferta demasiado tentadora para negarse, pensó Gillian con el rostro iluminado; soltó el jersey sobre la cama y abandonó su habitación a la carrera. Bajó el primer tramo de escaleras y al llegar al descansillo, casi se dio de bruces con alguien que venía en sentido contrario. Los reflejos de John Brady, que se hizo a un lado a tiempo, evitaron el choque. Los dos se miraron sorprendidos.

—Ay, perdón… —balbuceó Gillian, y sin saber muy bien qué más decir, añadió señalando la puerta de calle con un dedo—: Iba al jardín…

—¿Estás equipada para la batalla? Mira que aquello es un auténtico aluvión de nieve… —replicó el cabeza de familia con una sonrisa que a Gillian le pareció tremendamente cálida—. Soy John, el padre de la milicia que está ahí fuera. Ve, ve… —y no acabó de decirlo, que Gillian corría escaleras abajo, así que lo siguiente lo dijo casi gritando—. ¡Pero coge un abrigo de los que hay en la entrada!

La niña obedeció al instante; pasó como una exhalación frente a la puerta de la cocina, tomó al vuelo una de las cazadoras del mueble de los abrigos, y salió al jardín.

Eileen asomó la cabeza por la puerta de la cocina y miró a su marido, que continuaba en la escalera, con una sonrisa que no le cabía en la cara. Sin mediar palabra, los dos corrieron al salón a ver el espectáculo a través de la ventana.

Gillian atravesó el campo de batalla poniéndose la cazadora, que dicho fuera de paso, era por lo menos cinco tallas más grande. Varias bolas impactaron en su menudo cuerpo seguidas de las correspondientes carcajadas y gritos de triunfo por parte de los milicianos del bando contrario. Con algún que otro traspiés, consiguió llegar al arbusto donde estaba el chico de la risa contagiosa. Se arrodilló a su lado, y tras apartar su largo cabello de los hombros, comenzó a dar forma a un enorme proyectil.

—Capitán América, encantado de conocerte —dijo Jason, a modo de presentación, echándose atrás justo a tiempo de evitar un disparo que acabó estrellado contra el seto de aligustre que recorría el perímetro del lado interior de la valla.

Gillian lo miró risueña. *¿Capitán América? ¿Te lo tienes un poco creído , no?*

—Mujer Maravilla —respondió ella, con todo su desparpajo—, lo mismo te digo.

Y entonces, aquella risa sonora y contagiosa, volvió a inundar el jardín.

◆◆◆◆◆

Transcurrió más de una hora hasta que la "milicia de la nieve" entró en casa, poniéndolo todo perdido con sus suelas manchadas de barro, y mientras los dos hijos menores se quitaban la palabra mutuamente, intentando contarles a sus padres algo que ellos habían presenciado a escondidas de principio a fin desde la ventana del salón, el mayor aprovechaba el alboroto para observar con detenimiento al nuevo miembro del clan Brady.

Para entonces, un enorme muñeco de nieve adornado con la bufanda de Mandy y el gorro de Mark dominaba las vistas desde el jardín, y entre sus arquitectos se habían establecido los cimientos de una gran amistad que perduraría a lo largo del tiempo.

2

Desde que habían salido de la oficina de Blanche Rutherford, Gillian no había vuelto a decir una sola palabra. Había ido todo el trayecto mirando por la ventanilla, su mente a kilómetros del asiento del copiloto que ocupaba, junto a Eileen. Al llegar al rancho, se había puesto a hacer sus tareas del colegio en la mesa de la cocina mientras la dueña de casa preparaba la comida. Se empeñaba en hacer parecer que estaba bien, pero Eileen tenía claro que no lo estaba.

Y no era para menos. Después dos meses en el hospital, el cuadro de la madre de Gillian no mejoraba; a duras penas superaba el síndrome de abstinencia gracias a la metadona que le suministraban, pero su organismo estaba tan mal que prácticamente no toleraba ningún tratamiento. Su enfermedad avanzaba y los médicos tenían pocas esperanzas de que se recuperara. La niña había ido a visitarla en un par de ocasiones, acompañada de la asistente social, y aunque al regresar no había hecho ningún comentario, Eileen sabía por la señora Rutherford que su madre ni siquiera la había reconocido. Ahora, le tocaba enfrentarse a una nueva preocupación ya que antes de retirar la patria potestad a su progenitora y dictaminar que su tutela pasara a cargo del estado, el juez había ordenado una búsqueda exhaustiva de alguna persona con quien la niña tuviera lazos de consanguinidad, que pudiera hacerse cargo de ella hasta su mayoría de edad. Eso habían ido a hacer a la oficina de la asistente social; a enterarse en detalle de las malas nuevas.

Gillian se había integrado entre los Brady de inmediato, y se la veía feliz, como si hubiera encontrado el lugar propicio para que su talante alegre y positivo se expresara a gusto. Mandy la llamaba su "hermana amiga", así de estrechos eran los lazos afectivos que habían crecido entre las dos en poco tiempo. Mark se había encariñado con ella desde el principio, le admiraba el valor y la gran fortaleza de que hacía gala a pesar de ser tan joven y de que la vida la hubiera vapuleado tanto. Y lo demostraba al estilo Mark; la había tomado bajo su protección sin consultarlo con nadie y estaba siempre ojo avisor, pendiente de sus nuevos compañeros, de sus nuevos tutores con quienes hablaba frecuentemente para asegurarse de que su integración en el nuevo colegio iba sobre ruedas, incluso estaba pendiente de qué acogida tenía el nuevo miembro del clan Brady entre el personal del rancho. Sin embargo, la relación más estrecha y sorprendente, era la que había entre Gillian y Jason. Se entendían de forma natural, espontánea. Disfrutaban estando juntos porque lo pasaban bien hicieran lo que hicieran; los dos eran muy activos, les encantaba el deporte y las actividades físicas, pero esa especie de armonía que había entre ellos, también se respiraba en el ambiente cuando simplemente compartían la mesa de la cocina en silencio, mientras hacían las tareas del colegio o estudiaban. Eileen estaba segura de que las semanas que aquella criatura llevaba entre los suyos estaban siendo las más felices que había tenido en mucho tiempo y le partía el corazón que la vida volviera a poner nubarrones negros en su horizonte. ¿No había sufrido bastante ya?

Eileen se inclinó hacia Gillian, que ocupaba la silla más próxima a la cocina, y tomándola completamente por sorpresa, la rodeó con sus brazos y la estrechó fuerte.

—Ay, cariño, no te preocupes… Ningún juez podrá impedir jamás que te sigamos queriendo y cuidando de ti —sostuvo el rostro de una Gillian visiblemente conmovida y todavía sorprendida entre sus manos—. Dime… ¿qué puedo hacer que te devuelva la sonrisa? ¿Qué puedo hacer para que mi niña deje de sufrir?

Por toda respuesta, Gillian le rodeó la cintura con los brazos y se acurrucó contra el pecho de Eileen, que la estrechó aún más fuerte. Un instante después, cerró los párpados y dejó que aquella sensación única la envolviera por completo.

En su corta existencia no habían abundado las caricias ni los besos, en realidad, ninguna muestra de afecto. Los Brady habían cambiado eso en apenas unas pocas semanas. Todos ellos eran intensos y generosos en sus demostraciones de afecto, pero Eileen era lisa y llanamente demoledora. Nada se resistía al poder de sus abrazos plenos. Nada.

Entre sus brazos Gillian había aprendido cómo era sentirse a salvo, cómo era no tener miedo.

Y volvió a ser entre sus brazos, en aquel preciso momento, que experimentó, por primera vez, el enorme gozo de saberse querida.

◆◆◆◆◆

Cuando John regresó con sus hijos a los que había ido a recoger al colegio, ya había oscurecido y las luces exteriores estaban encendidas. En el porche, Gillian y la dueña de casa charlaban animadamente, mientras sentadas en sendos bancos bajos, preparaban la tierra para transplantar media docena de rosales a unos maceteros decorativos más grandes.

—¡Qué tarde llegáis! Cenamos en veinte minutos —anunció Eileen a su prole con una sonrisa— así que no os despistéis con vuestras cosas, ¿de acuerdo, mis amores?

Todos atravesaron el jardín y subieron la escalera que conducía al porche, pero Mandy fue la primera en llegar junto a su madre. Llegó refunfuñando, y después de darle el consabido beso de bienvenida a ella y otro a su amiga, siguió refunfuñando.

—Tuvimos que esperarlo un montón —se quejó, echándole una mirada recriminatoria al mediano de los Brady—. Dijo que era por el entrenamiento, pero, conociéndolo, para mí que estaba intentando ligarse a alguna animadora mientras nosotros echábamos raíces en el aparcamiento. ¡La próxima vez te vienes andando, bonito! ¡Díselo, papá!

—¿Quedarse sin comer por una animadora? Ja —intervino Mark repitiendo el ritual de bienvenida—. Qué dices. Su voluntad para el sacrificio no da para tanto —y como no pensaba quedarse a presenciar la conversión, entró en la casa bajo la curiosa mirada de Gillian.

Mark sabía de qué iba aquel asunto, y no le gustaba un pelo. No entendía ese espíritu aventurero de su hermano que se emocionaba tanto ante la idea de poner rumbo a otras tierras, como si el paraíso en el que vivía no fuera bastante para él. Y aunque no pensaba decirlo en voz alta —no fuera a ser que a su hermano el cachas se le subiera a la cabeza—, lo hacía polvo la idea de separarse de él.

—¿Te has quedado sin comer por entrenar? —quiso saber Eileen—. Ya entrenas por la mañana. La tarde es para estudiar, hijo, se lo dejé muy claro al entrenador Samuels.

Jason y su padre cruzaron miradas, lo que propició que el siguiente cruce de mirada fuera entre Eileen y su marido. Y el siguiente entre Jason y Gillian, que lo miró con el ceño fruncido, preguntándole tácitamente qué había sucedido. Él, por toda respuesta, le hizo un guiño.

—Díselo. O mañana la tendrás leyéndole la cartilla a tu entrenador —dijo John a su hijo tras mirar a su esposa con ternura.

—Eso, eso… ¡dínoslo! —intervino Mandy, sorprendida de que su padre supiera algo que los demás ignoraban. ¡Jason no había soltado prenda en todo el trayecto!—. A ver por qué el señorito nos ha tenido esperando.

Eileen dejó los guantes a un lado y se puso de pie. Se situó frente a su hijo Jason, esperando una explicación.

—Vinieron ojeadores de distintas universidades —dijo a secas y vio por el rabillo del ojo que Gillian, que también se había puesto de pie, asomaba la cabeza por el costado de Eileen, y le hacía el signo de la victoria con las dos manos, toda contenta.

Mandy no se quedó atrás en alegría.

—¡¿Y había ojeadores de Columbia?! ¡Nueva York, ¿te lo imaginas?! ¡Te iría a visitar *muuuuy* a menudo! —exclamó, entre risas nerviosas, soñando con la gran ciudad como la mayoría de las chicas de su edad.

John reprendió a su hija con una mirada tan efectiva que Mandy dejó de sonreír al instante, y no volvió a decir ni mu.

Jason procuró mantenerse serio porque sabía que para Eileen esa noticia distaba mucho de ser una buena nueva. En realidad, era un tema que llevaba en el aire varios meses, de manera indirecta. Los interesados hablaban con el entrenador, y él se lo comentaba como al pasar. Se las había arreglado para evitar entrar en el tema aludiendo a que el entrenamiento le restaba muchas horas de estudio y que si quería seguir jugando al fútbol no podía permitirse una caída en su rendimiento académico, que esa era la condición que habían puesto sus padres y que ya pensaría en ello cuando hubiera completado su formación pre-universitaria. Y, más o menos, había colado. Pero después de la impresionante temporada que había hecho junto al equipo el último año, los interesados habían dejado de utilizar al entrenador de intermediario. Algunos, incluso, le habían escrito directamente "vendiéndole" las bondades de la universidad que representaban sin andarse por las ramas. Que además su curriculum académico fuera brillante, en este caso, le ponía las cosas aún más difíciles. Todos lo querían y no dejaban de insistir.

—Pero Jason les ha aclarado que no tomará ninguna decisión hasta el año que viene, ¿no, hijo? —intervino John al ver que el rostro de su mujer perdía aquel brillo alegre característico y que su hijo no completaba aquella frase de comienzo funesto.

—Claro, no te preocupes, mamá —dijo acercándose a ella y apretujándola, cariñosamente, con su brazo de oso—, que todavía me tendrás por aquí un buen tiempo.

—Quiero tenerte "por aquí" toda la vida, cariño —precisó Eileen. Ni sus ojos ni la expresión de su rostro se molestaron en ocultar que se le había encogido el corazón ante el solo pensamiento de que alguno de sus retoños abandonara el nido.

Jason la miró con resignación. Era jugador de fútbol, eso era a lo que quería dedicarse, era su pasión. Más tarde o más temprano tendría que marcharse y su familia lo sabía.

Lo sabían, desde luego, pero que los hijos se marcharan siempre era duro para los padres, y John tenía claro que para Eileen lo sería aún más. Y dado que, con suerte, aún faltaba bastante hasta que llegara ese día, carecía de sentido continuar con aquella conversación.

—Venga, querida, que te ayudamos a poner la mesa —dijo John, tomando la mano de su esposa y de Mandy al tiempo que tiraba de ellas suavemente hacia el interior de la vivienda—. Estoy muerto de hambre. ¿Qué nos has hecho de rico hoy?

Cuando John y sus mujeres desaparecieron tras la puerta, Gillian tomó un par de cojines de los sillones del porche y los puso sobre el primer peldaño de la escalera, se sentó e invitó a su amigo a que hiciera lo mismo.

—¿Qué, eran muchos los interesados? —le preguntó, y no fue hasta que él se acomodó a su lado que reparó en un detalle en el que no había caído. Un detalle que le robó una sonrisa llena de picardía.

—Demasiados, diría yo. Hasta había uno de Harvard. Y quiso comerme el coco y todo, ¿te lo puedes creer? Como si Cambridge quedara a la vuelta de la esquina…

—Pero es Harvard.

—Pero queda en el culo del mundo —insistió. Sus enormes ojos claros, de un celeste casi transparente e idénticos a los de Eileen Brady, la miraron asombrados—. ¿Qué quieres, que a mi madre le dé un soponcio?

Además, si fuera a estudiar medicina o leyes, Jason se lo pensaría, pero no era el caso. Le interesaba la agronomía.

—Así que ojeadores y no animadoras… —comentó Gillian, intentando llevar el tema a su terreno—. Qué raro suena tratándose de ti.

Jason giró la cabeza hacia su amiga, que jugaba a estirar uno de los dedos de su guante de jardinera. Sonreía, como siempre, y aunque no lo estaba mirando directamente, tenía una expresión cómplice en la cara.

—Es algo nuevo, no raro —replicó, sin darse por aludido—. Como sabes, soy muy bueno jugando al fútbol, pero a la universidad llegas cuando llegas. No podían venir a buscarme antes.

Gillian asintió. Sin embargo, no modificó un ápice su expresión ni su sonrisa. Continuó en silencio, jugando con su guante, con la misma actitud de "a otro perro con ese hueso" que hizo que Jason meneara la cabeza.

¿De qué se sorprendía a estas alturas? A veces, Jason tenía la loca ocurrencia de que todo lo que hacía o pensaba tenía que aparecer publicado en algún libro que ella leía a escondidas; de ahí que siempre lo tuviera tan calado. Hasta que caía en la cuenta de que a él le sucedía algo muy parecido con ella, que jamás había congeniado tan bien con alguien como con Gillian y que, de alguna manera que no era capaz de explicar, la conocía. Entonces, su lado hiper-racional pedía la palabra para puntualizar que solo habían pasado dos meses desde que se habían visto las caras por primera, que era virtualmente imposible "conocer" a alguien en tan poco tiempo, por no mencionar que el "alguien" en cuestión era del sexo femenino y todavía no había cumplido los catorce. Vamos, una niña. Ese era el momento en el que, por el bien de su salud mental, dejaba de pensar en ello.

Y eso, exactamente, fue lo que Jason hizo en esta ocasión.

—*Vaaaale* —admitió el *quarterback*—. También había animadoras, y alguna entrevistadora interesante —se echó a reír al ver que su amiga asentía enfáticamente con la cabeza, como diciendo "ahora sí que me cuadra"—. ¿Qué me ha delatado, si se puede saber?

Gillian soltó una risotada. ¿Qué qué le había delatado? Entrenaba a primera hora de la mañana, junto con sus compañeros, y debajo del abrigo que llevaba parcialmente abierto, él seguía vistiendo ropa de deporte. No eran esas mallas impresionantes que se ponía para jugar, pero el conjunto de pantalón y chaquetilla negra debajo de la cual se veía parte de una refulgente camiseta blanca, era lo bastante ceñido para realzar su físico de titán. Atraía todas las miradas. Se volvían a mirarlo, literalmente. Lo sabía porque además de no ser ciega, el "look deportivo" de Jason Brady, cuando lo llevaba, formaba parte de todas las conversaciones femeninas del colegio. También lo sabía por otra razón; una parte de ella, aunque fuera pequeña y estuviera muy escondida, admitía que de haber nacido "chico" y tener semejante físico, también lo exhibiría a base de bien. Más en su caso, que además era alguien brillante, con un coeficiente intelectual de superdotado, no solo un *musculitos*. Debía ser una sensación increíble despertar tanto interés, tanta admiración en los demás.

—¿Y tú qué crees? ¿Qué habrá sido?

Jason se acarició la barbilla, palpó con disgusto un nuevo comedón que por la mañana no estaba allí. Otro más para su colección de pápulas y pústulas que, a pesar de ser tan normales a su edad según sus padres, le estaban dejando la cara como un mapa de relieves. Ya podrían salirle en otro sitio menos visible, no sería por falta de espacio.

—¿Que me he afeitado?

—Te afeitas todos los días. Oigo el ruidito de la afeitadora desde mi habitación —sonrió anticipando lo que iba a decir—. Y no sé para qué, la verdad, si no tienes más de seis pelos. Mark tiene más que tú y se afeita de tanto en tanto. Pero bueno, tú sabrás, en eso no me meto.

La reacción de Jason no se hizo esperar:

—¡Qué va a tener más pelo que yo! ¡El muy capullo no se afeita para que parezcan más!

Le había salido con tanto sentimiento que Gillian, que se había aficionado a tocarle la fibra comparándolo con su hermano mayor al descubrir que Jason siempre picaba, se estaba partiendo de risa antes siquiera de que él hubiera acabado la frase. Sus carcajadas, tan contagiosas como las del *quarterback*, aunque ella no lo creyera así, hizo que un instante después y durante un buen rato los dos se estuvieran riendo.

—Aparte de años, mi hermano no tiene "más" que yo en nada, ¿queda claro, pitufa? Y no te vayas por peteneras y contesta a mi pregunta.

—¿Por qué me lo preguntas si ya lo sabes?

—Pues no.

—Pues sí —sentenció, risueña—. Distinto es que quieras admitirlo, pero que lo sabes, lo sabes.

Jason le obsequió una mirada escéptica con la que, en realidad, pretendía ocultar que sabía perfectamente que lo había pillado. Gillian le obsequió otra, llena de picardía, y permaneció mirándolo, esperando su respuesta con actitud divertida. Esta demoró varios segundos en llegar, pero al fin, lo hizo.

—Admito que a veces… —la sonrisa de Gillian se ensanchó y el *quarterback* se apresuró a aclarar—. Pero hoy, no. Lo que pasó es que no me dio tiempo a cambiarme…

—¿En serio? ¡Venga ya! —lo interrumpió Gillian, riendo, al tiempo que se levantaba del asiento para entrar en la casa—. ¡Qué cuentista eres, grandullón!

Jason la detuvo tomándola por el borde de la parka. Era de color champán con la piel interior blanca y su regalo favorito de todos los que había encontrado bajo el árbol de Navidad de los Brady. Desde entonces, rara vez usaba otro abrigo.

—No tan rápido, enana. ¿Qué tal ha ido tu cita en Acogidas?

Gillian volvió a sentarse. Apartó su largo cabello de los hombros y soltó un suspiro. La expresión de su rostro anticipó malas noticias.

—Mi madre no levanta cabeza y antes de dejarme bajo la tutela del estado, el tribunal quiere saber si hay algún alma caritativa, aunque sea familia muy lejana, que quiera hacerse cargo de mí hasta que sea mayor de edad —lo dijo de carrerilla y a continuación, con una mueca de resignación en los labios, se volvió hacia su amigo que la miraba muy serio.

—¿Tienes algún familiar más?

Gillian se encogió de hombros.

—Que yo sepa, no. Y si encontraran a alguien, sería un extraño para mí… Pero si no encuentran a nadie, me van a declarar "desamparada" y voy a quedar a cargo del estado, que querrá desentenderse de mí lo antes posible, dándome en adopción —exhaló otro suspiro—. Lo pongas como lo pongas suena fatal, ¿a qué sí?

Sonaba muy mal y lo peor, lo que Jason encontraba más difícil de asumir, era que no solo se trataba de algo real, algo que estaba sucediendo, sino que esa realidad era la de Gillian. Saber que no podía hacer nada para evitarlo, lo llenaba de impotencia, pero no fue eso lo que sus palabras comunicaron cuando le dijo:

—¡Bah, chorradas! Son puros tecnicismos. Tú no estás "desamparada", nos tienes a nosotros. Y estadísticamente hablando las posibilidades de que te adopten son menos del uno por ciento porque eres preadolescente… Encima, eres pequeñita… una *chiquitaja* —esbozó una sonrisa—. ¿A quién le ibas a interesar? ¡Se ve a la legua que no podrías ni con el carro de la compra! Así que tú, tranquila, que de aquí no te mueven.

El rostro de Gillian se fue iluminando con cada palabra de Jason y mientras él, interiormente, respiraba aliviado, ella daba gracias a Dios por haber puesto a aquella familia en su camino, y en especial, a Jason; él sabía hacer que las cosas duras de su vida le parecieran infinitamente más llevaderas.

Los dos amigos permanecieron mirándose en silencio con la carcajada casi a flor de piel.

—A ver —dijo Gillian—, para que me quede claro: ¿intentabas animarme, no?

Al fin, sus risas resonaron en el porche.

Mientras tanto, en la cocina familiar…

La mesa ya estaba puesta y aún quedaban unos minutos hasta que pudiera sacar la cena del horno. Aprovechando que Mandy y Mark estaban en la planta de arriba, Eileen puso al día a John acerca de la visita que habían hecho a la asistente social.

—A la pobrecita se le cambió la cara cuando Blanche le explicó el asunto. Si la hubieras visto… Me partió el corazón, John. Vino todo el camino callada, mirando por la ventanilla… Al principio, se la veía muy tristona, muy apagada, pero luego, de a poco… Menos mal que se puso con sus tareas escolares aquí, así pude hacerle compañía sin que fuera demasiado evidente que yo también estaba preocupada —esbozó una sonrisa—. Le gusta estar en la cocina, igual que a los chicos.

John extendió el brazo por encima de la mesa y acarició la mano de su mujer.

—Lo que le gusta eres tú, cariño. Vive pegada a ti, y me alegro de que sea así porque a Gillian le haces mucha falta. Le hacemos falta todos, pero una figura materna sólida, generosa y bien dispuesta es fundamental a su edad.

—Tienes razón... Solo espero que los tribunales, que se supone que tienen que facilitar las cosas a estos niños tan necesitados de estabilidad y cariño, no acaben complicándolo todo. Es que… De verdad, cuando pienso en las opciones que tiene, me pongo a temblar. No sé por qué no pueden dejar a la niña aquí, en paz, y acabar con su calvario de una vez.

—La custodia de un menor es un tema muy serio, Eileen. No puede haber lagunas. Si su madre, que es quien ostenta la patria potestad, es declarada incompetente, la tutela de Gillian tiene que pasar a otra persona, sea física o jurídica. No puede quedar en el aire. Además, ella necesita un entorno estable, definitivo, y el juez intentará dárselo, bien a través de algún familiar lejano que acepte su tutela, bien a través de alguna otra familia que quiera adoptarla. El acogimiento siempre es una medida temporal.

Eileen llevaba dándole vueltas al tema desde hacía tiempo, incluso antes de saber las pocas esperanzas que tenían los médicos en cuanto a la recuperación de la madre de Gillian. Era una idea recurrente que cuando se presentaba, por un segundo, le parecía perfecta. Pero un instante después, invariablemente, algo dentro suyo la descartaba. No eran razones, nada que pudiera someterse a debate, sino sensaciones. Por eso no lo había compartido con John, porque no hallaba la forma de explicarlo. Sin embargo, quizás, fuera hora de intentarlo.

—Lo sé. Sé que es una solución temporal, pero —alzó la vista y miró a su marido— podría no serlo…

En aquel momento, unas risotadas estridentes llegaron desde el porche haciendo que el matrimonio mirara al unísono en la dirección de la que provenían. Demoraron menos de un suspiro en acercarse a la ventana y "espiarlos", a través del cristal, sin apenas apartar la cortina.

Durante un rato permanecieron en silencio, contemplando absortos la interacción de su hijo mediano con el nuevo miembro del clan Brady. Estaban sentados sobre unos cojines en el peldaño superior de la escalera que conducía del porche al jardín, y conversaban.

John había presenciado muchos otros momentos como aquel. Era de esa clase de padre que estaba pendiente de sus hijos; de ellos le importaba y quería saberlo todo. Nueve meses al año lo conseguía a base de hacer grandes sacrificios, ya que la gestión del rancho exigía mucho en tiempo y en dedicación. Pero cuando llegaba el invierno y el sector agrícola entraba en su fase de reposo, John se resarcía, pasando largas horas en casa y disfrutando a fondo de su familia sin preocuparse del reloj o el calendario de cultivos. Y Gillian había llegado al rancho justamente en esa época, así que John había tenido tiempo de sobra para observarlos.

Y para maravillarse.

—Olvídate de que él es tu hijo y ella, tu niña de acogida. Haz de cuenta que no los conoces —murmuró John sin apartar la vista de lo que sucedía en el porche—. Y ahora, obsérvalos atentamente… Y dime qué ves.

Eileen procuró distanciarse emocionalmente de lo que sucedía en el porche, mirar sin más, como si se tratara de dos desconocidos conversando en un banco del parque al que ella observaba desde el banco de enfrente.

A simple vista, su primera impresión fue que no podían ser más diferentes. Aparte del sexo y la edad, la diferencia en sus respectivos tamaños resultaba casi grotesca. Físicamente, no tenían rasgos o aspectos comunes que pudieran inducirla a pensar que compartían algún lazo de consanguinidad. Ella tenía el cabello castaño y muy lacio, ojos ni claros ni oscuros, de un color indefinible, y la piel mucho más blanca que la de Jason, que ya era decir. Él, en cambio, tenía ojos azules, muy claros, el cabello color rubio ceniza, y aunque lo llevaba corto, se notaba que era lo bastante rizado para formar bucles si lo dejara crecer. Ella no era lo que se dice una chica bonita, pero su rostro tenía cierta armonía que la hacía agradable de mirar. Él, en cambio, era un joven bello. Sus facciones eran armónicas pero muy viriles y en conjunto llamaba la atención. Ella aparentaba doce años, como mucho; él, dieciocho o diecinueve.

Sin embargo, a poco que Eileen los observaba, esas diferencias comenzaron a pasar inadvertidas y lo que empezó a resultar evidente, fueron otros detalles más sutiles. Había algo en sus gestos, en la forma en que se hablaban, en sus risas, en sus miradas… Era como si tuvieran… ¿cuál era la palabra? *Tempo.* Una sincronía tan perfecta que aunque sabías que se trataba de dos personas, *que estabas viendo a dos personas*, por momentos, te parecían una sola. Los gestos de ella, los gestos de él, sus risas… todo se entremezclaba de tal manera que ya no podías distinguir si eran de uno o del otro. Y de pronto, Eileen tomó conciencia del nivel de conexión tan profundo y poderoso que existía entre los dos. Fue un descubrimiento grandioso, sorprendente, que entró directo de la retina a su corazón, haciendo que la embargara la emoción. John la estrechó amorosamente al ver sus ojos llenos de lágrimas.

—No sé lo que les deparará el futuro, cariño —buscó la mirada de su mujer y mientras retiraba una lágrima de su mejilla, añadió —: Pero sí sé que no han nacido para ser hermanos.

—Almas gemelas —murmuró Eileen, mirándolos con un nudo en la garganta.

John se disponía a responder, pero en aquel momento oyeron pasos en la planta de arriba. Iban hacia la escalera.

—Son los chicos. Será mejor que no nos encuentren aquí o nos someterán a un interrogatorio —le dijo a su mujer y la vio asentir enfáticamente al tiempo que se pasaba las manos por el rostro para eliminar todo rastro de lágrimas.

Cuando Mark y Mandy entraron en la cocina, John y Eileen estaban allí, conversando mientras ponían la mesa. Los chicos se unieron a la actividad sin sospechar ni por asomo la decisión trascendental que sus padres acababan de tomar.

3

—A ver, espera un momento —dijo Jason a su interlocutora, después de apartar el auricular. Miró a las dos jovencitas que, sentadas en el gran sofá, cuchicheaban tan alto que apenas le permitían entender lo que le decían—. ¿Queréis bajar un poco el volumen? No me estoy enterando de nada.

Habían tomado el salón de la casa a modo centro de belleza y se estaban atendiendo por turnos mientras cotilleaban como cotorras. Primero, Mandy le había hecho la pedicura a Gillian, y ahora ella se las arreglaba para enroscar el cabello de Mandy en torno a un gran rulo de plástico situado en la cima de su cabeza, que luego sujetaba en su sitio con pinzas, y finalmente, recubría el conjunto con un pañuelo rojo atado en la parte inferior de la nuca. Era *otra* de las ocurrencias de su querida hermana. Por eso de que uno nunca está conforme con lo que tiene, a Mandy se le había antojado que también quería el pelo lacio dos segundos después de conocer a Gillian, y como alisar los tozudos rulos de un Brady no era tarea fácil, deambulaba por la casa con aquella cabeza de marciano que solo se quitaba para salir a la calle.

—¡Pero si ya te sabes la conversación de memoria! —replicó Mandy—. Dile que la llamas el fin de semana que viene, y arreglado. Estará *loquita* por salir contigo así que le dará igual ocho que ochenta.

Era cierto. Esta conversación no era nada diferente de las que solía sostener a diario con su interminable lista de admiradoras, pero Jason no tenía la menor intención de privarse del gustazo de constatar, una vez más, el éxito que tenía entre las chicas.

—¿Y perderse el placer de oírlo con esas *orejorras* que Dios le ha dado? ¿Estás de broma? Le gusta más eso que quedar con ella, me apuesto la cabeza. ¿A qué sí, grandullón? —dijo riendo al ver la sumamente explícita expresión en la cara de su amigo. Asentía con tal cara de diablillo que Gillian no pudo más que menear la cabeza. Menudo vanidoso.

Jason continuó con su conversación, esta vez, bajo la atenta mirada de las chicas.

—Pero es que hoy no puedo, es el cumpleaños de uno de mis hermanos y toda la familia está aquí…

Gillian echó a reír al oír las excusas de las que echaba mano su amigo. Mandy en cambio, meneó su "cabeza de marciano". Tener dos hermanos hombres, uno de los cuales ya apuntaba maneras de ligón incorregible antes de que le hubiera salido el bigote, no hacía más que confirmar su penosa opinión sobre sus compañeros de especie: que eran simple y llanamente unos mentirosos patológicos.

—Y seguirán aquí todo el fin de semana —continuó el *quarterback*—. Ya sabes cómo es esto; vienen incluso los primos políticos de tu tatarabuelo, que solamente ves en cumpleaños y bautizos, y se traen hasta el chucho. Como intente desaparecer, mi padre me capa… —le guiño un ojo a Gillian que se estaba desternillando, y apuntó a matar—: seguro que tú no querrás eso, ¿no? —Jason asintió sonriente mientras escuchaba a su interlocutora y al fin, añadió con tono seductor—. Eres increíble, preciosa… Gracias por no matarme por dejarte plantada este fin de semana, te prometo que el próximo te lo compensaré con creces.

Tras una despedida que incluyó hasta besos telefónicos y que consiguió que Gillian soltara una carcajada, Jason colgó y se volvió hacia las adolescentes con una sonrisa radiante.

—Asunto resuelto. A ver, ricuras, visto y considerando que seguíais con tanto interés una conversación *privada*, imagino que ya habéis decidido el plan de hoy. ¿Dónde vamos?

—Pues tendrá que ser fuera del estado, porque como Beth Folley descubra que le has mentido, la que te cape será ella —dijo Mandy.

Reía, pero su comentario rezumaba ironía y hasta cierto punto, ganas de que por una vez, alguna de sus chicas lo pillara mintiendo, al muy cerdo.

—¿Beth? Jajaja ¡Qué va! Cuando se trata de tu hermano es la chica más comprensiva del mundo… Además, seguro que ya tenía plan de repuesto antes de llamar al grandullón —dijo Gillian, mirando con picardía a su amigo—. Porque además de comprensiva es *muuuy* precavida.

—¿Precavida? Idiota es lo que es si quiere liarse con *el grandullón*. Porque, vamos, mentir por pegársela con otra, vaya y pase, pero ¿mentir para salir con sus hermanos? Eso es imperdonable —replicó Mandy, exponiendo su curioso sentido de la moralidad.

—Bueno, ¿qué? ¿Dónde vamos? —insistió Jason, deseoso de ponerse en marcha.

—Yo digo cine y palomitas.

Jason miró a Gillian satisfecho y asintió.

—Pues a mí me apetece bailar —dijo Mandy abrazándose las rodillas y apoyando su barbilla sobre ellas—. ¿No hay ninguna fiesta en el pueblo hoy?

—¿Vas a cambiar *Dirty Dancing* por los muermos del colegio? Venga ya, Mandy —se quejó su amiga.

—Pues algunos de esos muermos están de muerte, te diré —replicó su amiga con picardía cuando la imagen del capitán del equipo de béisbol vistiendo las mallas del equipo apareció en su mente.

Jason y Gillian pusieron los dos el mismo gesto de desdén. La amiga de la joven fue quien respondió:

—Te regalaré una foto suya y asunto arreglado. En su caso, la ficción supera con creces la realidad. Créeme, la foto será más divertida.

La mirada de Jason cambió de foco; de su hermana cabeza de marciano a Gillian, cargada de sorpresa e ironía.

—¿Y cómo sabes tú eso?

Esta vez, las dos jovencitas se echaron a reír.

—No preguntes, hermano —respondió Mandy porque Gillian no podía; se estaba tronchando de risa.

Mark entró en el salón en medio de los comentarios y las carcajadas de sus hermanos, y se disponía averiguar qué causaba el jolgorio esta vez, cuando éstas, de pronto, cesaron. El silencio reinó en el lugar… pero solo durante un instante, mientras seis pares de ojos inspeccionaban al recién llegado con interés. Estaba impecable, recién afeitado y dispuesto para su plan sabatino. Hasta aquí todo resultaba normal, excepto por el hecho de que era demasiado temprano para él.

Alto, de contextura fuerte aunque no tan desarrollada como la de su hermano menor, y dueño de una carácter decidido y seguro de sí mismo, Mark era el mayor de los hermanos Brady. Sin embargo, los abundantes tirabuzones rubios que enmarcaban su rostro, y aquellos grandes ojos celestes muy claros, le otorgaban un aire juvenil que encubría perfectamente sus casi diecinueve años. Extraña combinación que, por lo visto, sus acompañantes femeninas habituales —siempre mayores que él—, encontraban irresistible. Pero no eran ni las cinco de la tarde, ¿dónde iba tan emperifollado a esas horas?

—¿Sabe papá que vas a saltarte la cena? —disparó Mandy, enarcando una de sus cejas como hacía Mark cuando algo no le gustaba.

Junto a ella, Jason y Gillian cuchicheaban. Mark devolvió el golpe:

—¿Sabe papá que fumas a escondidas?

—¿Fumas? —intervino Jason, el adalid de los hábitos de vida sana, y al ver la mirada airada de su hermana, añadió—: Joder… Acabas de confirmar la regla, Mandy. Eres rubia, las rubias son tontas, y tú eres la reina de las tontas… Pues espero que no sea un vicio, porque te aseguro que me voy a ocupar de que te salga carísimo: cajetilla que encuentre, cajetilla que me cargo, y ya sabes lo pesado que puedo llegar a ser cuando se me mete algo entre ceja y ceja.

Cuando Jason apartó la mirada, sus ojos se encontraron con los de Gillian y supo al instante que la aventura tabaquera de Mandy no había sido en solitario.

—¿Tú también?

Jason soltó un bufido y no añadió más.

—Solo fue una vez, por probar —aclaró Gillian, y frunció la nariz en un gesto de asco que hizo sonreír a todos los presentes—. Sabe a rayos… ¿de verdad, la gente paga por eso?

Mandy sonrió para sus adentros. Le encantaba enojar a sus hermanos, y Gillian acababa de servirle la ocasión en bandeja:

—Ahora ya sabes por qué lo mezclan con hierba —dijo, y se quedó tan tranquila, esperando la regañina, que no tardó en llegar.

Durante varios segundos, llovieron preguntas, quejas y advertencias, especialmente por parte del aspirante a papá oso, Mark Brady. "¡¿Pero estás loca? Como te pille fumando hierba, te vas a enterar!", bla bla bla, bla bla bla, que finalmente acabaron en cuanto los tres repararon en la expresión de "¡os lo habéis creído!' de Mandy.

—Pues como broma, es malísima. Que lo sepas —sentenció el mayor de los hermanos Brady.

A continuación, enfiló para la puerta, dispuesto a marcharse.

—No tan rápido, *guapete*. ¿Sabe papá que vas a saltarte la cena? —insistió Mandy—. Y ahora que lo pienso, ¿dónde vas tan temprano? Dudo mucho que tu vejestorio de turno quiera que la lleves al zoo.

—En eso tiene razón —intervino Jason, aguantando la risa.

Gillian contempló con satisfacción cómo el rostro del mayor de los Brady dibujaba una gran sonrisa autosuficiente, esa con la que seducía a jóvenes y adultos por igual.

—Qué malpensados sois… ¿Acaso no puede tener una cita con alguien de su edad? Las chicas del colegio se lo rifan y si mal no recuerdo Debbie Sinclair daba su fiesta anual de primavera este mes… —dijo Gillian, mirando con cariño al mayor de los Brady —. ¿No era hoy?

Jason soltó una risotada.

—Solo los cachas tenemos invitación para esa fiesta, pero… —y miró a su hermano con una gran sonrisa— estaría dispuesto a cederte la mía por un buen precio. Yo paso de esas tías estiradas.

Los dos varones se sostuvieron las miradas. Les encantaba picarse mutuamente. Era una de sus diversiones favoritas.

—¡Ay, qué mala es la envidia! —respondió Mark al fin. Y tras hacer adiós con la mano, abandonó el salón.

◆◆◆◆◆

¿Quién te ha aconsejado sobre el color del pelo? ¿El enemigo?, pensó Mark, recostado contra el lateral de la flamante furgoneta de los Brady, mientras contemplaba a su cita del día dirigiéndose hacia él con la melena al viento. Tenía que ser razonablemente guapa sin artificios, después de todo era hermana de la chica más popular de Camden, pero con esa manía que tenían los adolescentes de reafirmar su personalidad echando mano de lo primero que se les cruzaba por la cabeza, parecía recién escapada del set de grabación de "Thriller". O peor aún, del manicomio. Vestía al estilo punk y llevaba tanta hojalata encima que toda ella tintineaba a cada paso que daba.

Mark exhaló un suspiro y forzó una sonrisa en su rostro.

—Qué puntual… —le dijo a modo de recibimiento, sin ocultar cierta sorpresa ante un hábito que, al menos, las mujeres que había conocido hasta la fecha, desde luego, no tenían. Todas llegaban rematadamente tarde. La intención había sido acabar la frase con su nombre de pila, pero cuando llegó el momento, no consiguió recordar cuál era, así que encubrió el olvido (y el consecuente embarazoso silencio) abriendo la puerta del lado del acompañante e invitándola a subir.

—Qué olvidadizo —replicó la joven, con una sonrisa risueña que no logró ocultar del todo la punzada de desilusión que atravesó su rostro—. Di, por Diana, que es mi nombre. Son solo dos letras; D, I, pero si quieres te lo escribo. Así no tengo que repetírtelo por cuarta vez y tú no quedas como un idiota que se cita con mil chicas por deporte y luego, ni siquiera es capaz de recordar cómo se llaman.

A pesar de su sonrisa, los grandes ojos marrones de la quinceañera centellearon revelando un genio que tomó por sorpresa a Mark, aunque en aquel preciso momento la incomodidad de que lo hubieran pillado en un renuncio de los gordos sonara más fuerte. Entonces, la joven de los pelos teñidos de azul volvió a asestar un golpe de oportunidad. De oportunidad sí, pero tan próximo a la realidad que Mark tuvo que concentrase para no delatarse:

—O como un idiota oportunista —dijo, sosteniéndole la mirada. Y no añadió "que queda con una chica para poder entrar como acompañante a una fiesta a la que no ha sido invitado" porque él sabía perfectamente a qué se refería. También porque no estaba segura de ser capaz de decirlo en alto sin que su voz temblara de rabia, o peor aún, sus ojos se llenaran de lágrimas.

Suspiraba por aquel idiota desde que se había estrenado en el amor juvenil, hacía dos o tres años. Aún a sabiendas de que ella no existía para él, su corazón no dejaba de latir enloquecido cada vez que lo veía atravesando el aparcamiento de camino a su clase del último curso. Tan resignada estaba a la situación, que cuando él se acercó a hablar con ella en la cafetería del edificio que albergaba los dos centros de estudios, apenas había conseguido hilar dos frases coherentes. Sin saber cómo, habían empezado a hablar de la fiesta de primavera que los Sinclair organizaban cada año, a la que Di estaba invitada porque su hermana y Debbie Sinclair eran carne y uña, pero a la que nunca asistía porque se sentía como sapo en otro pozo. Esta vez lo haría, y acompañada del chico de sus sueños, que a la sazón era uno de los más famosos de la ciudad. Estaba tan ilusionada y a la vez tan halagada, que hasta ahora no se le había ocurrido pensar que quizás, sus razones para acercarse a ella, fueran otras. Escrutó aquellos alucinantes ojos celestes claritos en busca de la verdad y, al mismo tiempo, deseando con toda el alma equivocarse.

—Idiota a secas —replicó Mark, incómodo, y Di sintió que lentamente el alma regresaba a su cuerpo—. ¿Me perdonas si te prometo que no volverá a ocurrir?

Entonces, el mayor de los hermanos Brady echó mano de su sonrisa, la que cautivaba a jóvenes y adultos por igual.

Por supuesto, esta joven en particular, no fue la excepción a la regla.

◆◆◆◆◆

La casa de fin de semana que los Sinclair tenían en la región estaba al completo. Se trataba de una construcción victoriana de tres plantas típica de la zona, espaciosa y rodeada de jardines que habían sido engalanados para el evento. Los dueños de casa habían participado en la organización y se suponía que permanecían en las inmediaciones, pero convenientemente ocultos de la vista.

En la parte posterior, la piscina de medidas olímpicas estaba vallada y cubierta, probablemente para evitar que los más audaces acabaran convirtiendo en una fiesta acuática la tradicional celebración con que la familia daba la bienvenida a la estación de las flores.

Los Sinclair cuidaban mucho las relaciones sociales de sus dos hijas, especialmente de la mayor, que les había salido rebelde y descarada. A Mark no le resultó extraño encontrar a los miembros jóvenes de las familias más importantes del lugar reunidos bajo el mismo techo. Tampoco le sorprendió comprobar que con dos copas de más perdían su *glamour* igual que los demás. Pero él no estaba allí por codearse con la flor y nata de Arkansas, que le provocaba urticaria y jamás se había molestado en ocultarlo (razón por la cuál no aparecía en la lista de invitados de los Sinclair). Estaba allí, soportando tanta memez, por un motivo concreto, y en cuanto hubiera zanjado la cuestión, se largaría raudo y veloz. Sólo rogaba poder hacerlo pronto.

Volvió a mirar a su interlocutora, la quinceañera del pelo azul, que, dicharachera, hablaba sobre algo relacionado con la anfitriona. Tenía que concentrarse o ella se daría cuenta de que no tenía la menor idea de lo que le estaba diciendo, pensó Mark. Pero le costaba. Parecía agradable, conversadora. Sin embargo, aquel lugar lo estaba poniendo de mal humor con los *Aerosmith* sonando a todo volumen, el ambiente cargado de humo de Marlboro y los invitados hablando a gritos, un poco por efecto del alcohol y otro poco por el sonido atronador de la música. Además, hacía muchísimo calor.

—Perdona… ¿Es idea mía o aquí hace un calor de mil demonios? —la interrumpió Mark. Tuvo que acercarse a hablarle al oído para no tener que gritar, y solo se dio cuenta del efecto de aquel acercamiento impensado al ver que las mejillas de la joven enrojecían—. Debes estar muerta de sed. ¿Qué te apetece beber?

—Ya me encargo yo, no te preocupes —se apresuró a decir Di, más que deseosa de salir a que le diera el aire, a ver si sus mejillas dejaban de delatarla—. Será más fácil que explicarte cómo llegar al punto de avituallamiento —al ver la mirada interrogante del chico de sus sueños, añadió—: Son republicanos, y del ala más conservadora, ¿qué esperabas? Para las bebidas alcohólicas hay que salir de *gymkana,* tener salvoconducto y así y todo, ya veremos... ¿Cerveza?

Mark arqueó una ceja. A pesar de la sonrisa aparentemente desenfadada de la quinceañera, aquello había sonado a crítica. Lo último que habría esperado encontrar debajo de aquella maraña de pelos teñidos de azul era un cerebro pensante.

—¿No eres demasiado… *joven* para hablar de política?

El genio de Di volvió a lucir en sus ojos.

—¿No eres demasiado mayor para hacer una pregunta tan tonta? —y con esas se dio la vuelta y empezó a abrirse camino entre la gente.

Mark permaneció mirándola mientras desaparecía del abarrotado salón. No pudo evitar hacer un gesto de aprobación con la cabeza. Genio y figura, pensó.

◆◆◆◆◆

Había sido mucho peor que correr una *gymkana*. Y si finalmente había conseguido hacerse con una cerveza, había sido porque Debbie estaba en el improvisado bar justamente en aquel momento. Le había indicado al camarero, un cincuentón que bien habría valido de celador en la cárcel del condado, que la cerveza era para su acompañante. Con un guiño pícaro también le había indicado a Di que sabía perfectamente quién era dicho acompañante.

Estaba claro. Mark Brady acaparaba todas las miradas femeninas estuviera donde estuviese. No se le conocían novias ni amigas especiales en el ámbito estudiantil. Había pasado por su ciclo de educación secundaria invicto, sentimentalmente hablando, y tenía fama de mostrarse cortante ante los avances de sus compañeras de estudio, que aunque por dentro se derretían por él, de boquilla decían que era un capullo presumido. Era *vox populi* que prefería la compañía de mujeres mayores que él. Lo cual constituía *otra* razón para que una parte diminuta del cerebro de Di, cuyas neuronas seguían siendo contestatarias a pesar del baño de endorfinas, se preguntara qué hacía un tipo como él con una chica como ella, y que aquello no acabara de cuadrarle. El resto de su cerebro, por supuesto, no decía ni mu; estaba en el Limbo.

Todavía recordaba la primera vez que lo había visto. Tan claro como si hubiera ocurrido ayer. Ella salía de la secretaría de recoger unas notas del director del colegio que debían salir en la próxima edición del periódico estudiantil, del que ella era una de las redactoras, y él entraba. Con el topetazo, una de sus carpetas había acabado con todo el contenido desparramando por el suelo. Mark le había ayudado a recoger los papeles tras una disculpa que ella recordaba haber aceptado de muy mala gana; iba con el tiempo justo a su clase de matemáticas, y aquel percance la estaba retrasando. Y no fue hasta que Di volvió a ponerse de pie y alzó la vista, que reparó en él. Se enamoró al instante de aquellos ojos que parecían una prolongación del cielo de Arkansas. Eran hermosos y había algo en ellos que le llegó al alma. Fortaleza, lealtad, generosidad… Nunca unos ojos le habían comunicado tantas certezas. Enamorarse del resto de Mark Brady no había supuesto ningún problema; era guapo a morir. Y no había que olvidar su sonrisa; ¿y los ecologistas culpaban a los gases invernadero del calentamiento global? Eso era porque aún no conocían al hijo mayor de los Brady. Un hombre con *esa* mirada y *esa* sonrisa no podía ser otra cosa que ideal.

Perfecto.

Desde aquella primera vez, hacía locuras para poder verlo aunque fuera un minuto. Se colaba en sus clases (haciendo uso y abuso de su estatus de redactora del periódico estudiantil) y más de una vez se había quedado extasiada oyéndole exponer su trabajo. Tenía aquella tan incuestionable seguridad en sí mismo, que cualquier cosa que dijera habría sonado a verdad absoluta aunque fuera el mayor de los disparates. Di soñaba despierta con el día que él reparara en ella porque, de alguna extraña manera, tenía la certeza de que ese día llegaría. ¡Y así había sido! Al fin, Mark se había dado cuenta de que ella existía. Por momentos, le parecía un sueño. Tenía que pellizcarse para creer que la cerveza que portaba era para él, que habían ido juntos a la fiesta estudiantil anual más famosa de Camden. Que él estaba en el salón, esperándola. *Esperándola a ella.*

Dios, se derretía solo con pensarlo.

En aquel momento, el empujón de una pareja que ensayaba un improvisado baile detrás de Di, la arrancó de sus pensamientos. Parte del contenido de los vasos se derramó, pero, por suerte, la baja más notable había afectado a su Coca-Cola. En circunstancias normales, habría hecho un alto en el camino para decirle un par de cosas a los bailarines, como por ejemplo, por qué no miraban mejor dónde meneaban su pandero, pero Mark Brady la estaba esperando. Sonrió de puro gusto ante el solo pensamiento y sus pies volvieron a ponerse en marcha sin titubear. Esquivó con agilidad y buenos reflejos a otros tres grupos de juerguistas, todos alumnos de último curso. Notó que algunos la miraron como si fuera un bicho raro, y apuró el paso antes de que alguno decidiera interrogarla sobre su presencia allí. Era una fiesta de 'adultos'; los imberbes de cursos inferiores no estaban invitados.

"Tranquilas, señoritas", pensó, "paso de vuestros chicos. Son *toooodos* vuestros. Yo me quedo con Mark Brady". Una ola de placer la recorrió entera y a punto estuvo de conseguir que el azul brillante de su cabello se encendiera como diminutas lucecitas de neón.

Todavía seguía sonriendo cuando al fin llegó al salón, mucho más abarrotado de gente que antes. Cabeceó entre espaldas que le sacaban dos palmos y consiguió ver el lugar donde había dejado al chico de sus sueños, pero él ya no estaba allí.

Di frunció el ceño. Una sensación extraña se instaló en su estómago. ¿Se habría marchado? Mientras intentaba alcanzar una ubicación menos concurrida donde buscarlo con calma, intentó animarse pensando que aquello no tenía ningún sentido. Acababan de llegar y Mark se había mostrado súper interesado por la fiesta.

De pronto, una música discotequera empezó a atronar en el salón y los cuerpos que hasta un instante antes obstaculizaban su visión comenzaron a trasladarse al jardín donde había dado comienzo el baile. Los vasos que portaba cayeron al suelo.

Fue imposible no verlo besándose con otra. Y al comprobar que no se trataba de cualquier 'otra', sino de Cheryl, su hermana mayor, fue imposible no sentirse el ser más idiota y prescindible del mundo.

Tan imposible como resultó evitar que sus ojos se llenaran de lágrimas.

En un instante, la realidad se hizo patente y Di lo comprendió todo; Mark la había utilizado.

Y entonces, fue imposible no conmocionarse ante la frialdad y el egoísmo de sus métodos. Se tomó unos cuantos segundos para contemplar la escena. Cheryl parecía a punto de devorarlo y varios chicos de su grupo bromeaban y le palmeaban el hombro a Mark, que seguía acortando distancias con ella como si estuvieran solos. Se sentía tan avergonzada, tan furiosa consigo misma por elegir tan rematadamente mal a quién entregaba su corazón, que se merecía una megadosis de realidad: necesitaba ver cómo la imagen del chico de sus sueños se agrietaba ante sus ojos hasta quedar hecha añicos.

Al fin, la joven respiró hondo, se secó las lágrimas y abandonó el lugar.

♦♦♦♦♦

Mandy torció la boca en un gesto de "ya estamos otra vez" cuando vio a Jason tirar de la mano de Gillian y ponerse a ensayar en plena calle mayor los pasos de la banda sonora de la película *Dirty Dancing,* como si se tratara de una audición para el papel de Johnny y Baby. Además, se les parecían bastante, él todo poderoso marcando estilo (y bíceps) con una camiseta blanca de mangas cortas y sus Levis 501; ella, tan etérea y tan niña, con su blusa y su falda vaquera y su larga caballera danzando al viento… Lo peor del caso era que sabía positivamente que los ensayos continuarían durante las próximas dos o tres semanas en todas partes; en el salón de la casa, en el jardín, en el colegio… Eran dos apasionados del baile, adoraban aquella película…

Y no tenían el menor sentido del ridículo.

No podía creer que la hubieran arrastrado a ver *Dirty Dancing* otra vez con la cantidad de películas más interesantes que ponían en las carteleras. Sin ir más lejos, *Proposición Indecente*, que acababan de estrenarla. Pero intentar sobrepasar el nivel de la taquilla en compañía de Gillian era misión imposible, ya lo habían intentado varias veces. No tenía la edad suficiente y encima, aparentaba menos de la que en realidad tenía, y eso no había maquillajes ni tacones que lo arreglara.

Mandy rió al ver las florituras que hacían aquellos dos desvergonzados, exagerando los pasos, como si fueran los dueños de la calle. Meneó la cabeza. No poder colarse para ver películas no recomendadas para menores era realmente la única pega que le encontraba a la llegada de Gillian a casa de los Brady y eso no tenía ninguna importancia, porque aunque los taquilleros de Camden no fueran "sobornables", los empleados del videoclub sí que lo eran. Y se conformaban con muy poco; un beso de Mandy o la promesa de una cita (que solía retrasarse durante meses y meses) bastaban para alquilar cualquier película, llevarla a casa y verla con sus hermanos a escondidas.

En aquel momento, una de las elaboradas figuras de baile acabó con Jason tropezando con una transeúnte, a la que casi hace caer al suelo del topetazo. Mandy soltó una carcajada al reconocer aquel rostro. La mujer, de edad avanzada, alzó la vista y miró a

Jason, rabiosa ante los desesperados intentos de este de no echar a reír y cabrearla aún más.

—Tú y tus amigotes me rompéis los cristales. Y cuando os coláis en mi jardín a por el balón, pisoteáis mis narcisos y ahora tú me pisoteas a mí con esos pies de elefante que tienes… ¡Estoy *harrrrrrta* de ti, jovencito, francamente *harrrrrrta*! Como vuelva a verte cerca de mí, hablaré con tus padres —sentenció la anciana apuntándolo con un dedo amenazador, tras lo cual reanudó su marcha rezongando por lo bajo.

Gillian y Jason intercambiaron miradas divertidas. Un instante después, se partían de risa.

—¡Qué éxito, chico! —dijo Mandy, risueña—. ¡Menos mal que las que tienen treinta años menos no son inmunes a tus encantos, que si no no te comerías un colín! Eso te pasa por hacer el ganso —concluyó, toda oronda, disfrutando de que, por una vez, alguien se enfadara con su todopoderoso y brillante hermano.

—¿Y qué sabes tú de colines, niña? —replicó él tan serio que a Gillian le volvió a dar la risa.

Una de las primeras cosas que había aprendido en los cuatro meses que llevaba con aquella familia era que todos los Brady hombres cojeaban del mismo pie; protegían a la "pequeña de la casa" como si fuera de cristal y seguían viendo en ella a la pizpireta niña de coletas que hacía mucho había dejado de ser, algo que la susodicha detestaba.

Mandy soltó un suspiro. Qué hartura tenía de los hermanos y padre que le habían tocado en suerte.

—Anda, pesado, calla, haz el favor. Y vamos a comer algo que estoy muerta de hambre.

◆◆◆◆◆

Gillian y Mandy estaban a punto de entrar en la cafetería cuando oyeron que Jason exclamaba:

—¡Jordan, chaval, qué alegría! ¡¿Cuándo has vuelto?!

Las chicas se volvieron a mirar al joven que en aquel momento se fundía en un abrazo con el mediano de los hermanos Brady. Gillian no lo conocía, era la primera vez que lo veía, y aparte de sus rasgos nórdicos, se percató en seguida de la gran camaradería que parecía haber entre los dos, lo cual bastó y sobró para que al instante le cayera bien. Notó que a Mandy también le caía bien. Mejor que bien. Sus ojos seguían cada gesto y cada movimiento con inusitado interés.

Mandy lo conocía —Jordan y Jason eran amigos desde la infancia—, pero hacía mucho desde la última vez que lo había visto. Quizás, tres o cuatro años. Lo recordaba guapo pero algo enclenque. Claro que comparado con Jason, todos sus amigos parecían demasiado normales. Sin embargo, el chico que ahora miraba con tanto interés era mucho más guapo de lo que recordaba. Y nada enclenque. Había dado un estirón, estaba casi tan alto como Jason, y tenía un aire de dandi a pesar de ir en vaqueros y camiseta… Y encima, su piel estaba bronceada, como si acabara de llegar de las Bahamas. ¿Había dicho " más guapo"? *Bestial* se ajustaba mejor.

—¡Hola, Jason! ¡Lo mismo te digo! —le palmeó el brazo amistosamente—. Tú, siempre en forma, ¿eh? Llegamos anoche… Todavía estoy un poco perdido… ¡qué cambiado está todo! —y en aquel momento, reparó en las dos jóvenes que los miraban desde la puerta de la cafetería, y dejó de hablar.

Jason siguió la mirada de su amigo.

—Ven —dijo rodeándole el hombro con un brazo—, que te presento a Gillian.

Ella sonrió para sus adentros. "Mejor, preséntale a Mandy; lo ha dejado con la boca abierta. A ver si le entra una mosca", pensó, intentando no delatar sus pensamientos, y tan segura como de que estaba allí, de pie, que no lo conseguiría. Siempre encontraba divertida la forma en que a 'ellos' les cambiaba la expresión de la cara cuando Mandy entraba en su campo visual, pero lo de aquel rubio con pinta de vikingo había sido todo un espectáculo.

La reacción de Jordan confirmó que Gillian estaba en lo cierto.

—¿Mandy? —dijo él, sin ocultar su asombro.

La última vez que la había visto llevaba el pelo partido al medio en dos coletas alta, una mochila a la espalda e iba de la mano de su padre, que la había ido a recoger al colegio como hacía siempre. Y esta de ahora… Seguro que ya no llevaba a su padre de la mano sino detrás, armado con una escopeta. Se había convertido en una de esas chicas que no necesitaban exhibirse para atraer las miradas de todo el mundo. Ya no quedaba rastro de las coletas infantiles en aquella melena capeada que le cubría los hombros en grandes ondas, y aquel precioso vestido estampado que llevaba, revelaba que su cuerpo también había dejado la niñez atrás. Era una preciosidad … ¿Cuántos años tenía ya?

—La misma —replicó ella, y añadió con todo el descaro del mundo—: pero muy distinta de la que recuerdas. Tú también estás… *distinto* —concedió, sonriente.

Jason contempló la interacción entre su amigo y su hermana con cara de no entender.

—Ya lo creo… Los niños crecen, ¿no? —Apuntó Jordan con humor, evitando la mirada interrogante de su amigo.

Gillian que también lo había notado, saltó al ruedo en una maniobra de distracción. Solo faltaba que el grandullón volviera a ponerse en plan protector con Mandy justamente en aquel momento.

—¿Crecer, dices? Mmm… en mi caso, no mucho. Lo único que me crece es el pelo… ¡Algo es algo! —intervino, riendo—. Soy Gillian, encantada de conocerte.

—Igualmente. Yo soy Jordan. Y no te preocupes, que seguro que creces —apuntó el recién llegado bajo la atenta mirada de Mandy.

—¿Esta enana? —se burló Jason rodeando los hombros de Gillian con un brazo y apretujándola brevemente contra él— ¡Qué va a crecer…! Íbamos a picar algo, ¿por qué no te apuntas, tío?

Él señaló con una mano el vehículo que esperaba calle abajo con la baliza puesta. Su mirada se cruzó con la de Mandy cuando regresó a Jason.

—Mi viejo me está esperando, pero gracias. Te llamo y quedamos en la semana, ¿vale?

—¡Claro! Verás la sorpresa que se llevará el mío cuando sepa que estás de nuevo en la ciudad… Me alegro de verte, tío.

Jordan asintió. Él también se alegraba de volver a ver a su viejo amigo.

—Será mejor que me vaya… —sus ojos volvieron a encontrarse con los de Mandy—. Ya nos veremos…

Jason y Gillian se despidieron de Jordan y entraron en la cafetería, pero Mandy no se movió del sitio. Continuó mirando al joven esbelto que se alejaba calle abajo con las manos en los bolsillos de sus vaqueros, totalmente absorta en su nuevo descubrimiento: el rubial era tan mirable por detrás como lo era por delante.

4

Eileen esbozó una sonrisa al ver por la ventana que sus chicas ya estaban de regreso, y le hizo una carantoña al bebé, que sentado en una silla alta a su lado, jugueteaba con un sonajero.

En época de exámenes Mandy y Gillian pasaban mucho tiempo en la biblioteca. Venían charlando animadamente, como siempre.

—¿Qué tal, os ha cundido la tarde? —preguntó Eileen cuando oyó sus pasos acercándose por el corredor.

—¡Muchísimo! —exclamó Mandy, toda alegría, haciendo que Gillian se tronchara de risa.

En realidad, a quien le había cundido la tarde en el sentido estudiantil al que se refería la dueña de casa no había sido a Mandy sino a Gillian; la primera no había estado estudiando en la biblioteca sino coqueteando a distancia con el capitán del equipo de béisbol del colegio, que también se hallaba en la biblioteca y tampoco estaba estudiando.

Las dos jóvenes entraron en la cocina donde Eileen las recibió con un abrazo afectuoso.

—Me alegro de que haya sido así. Ahora, ¡a reponer fuerzas! —dijo la mujer al tiempo que apartaba la cortina y dejaba expuesta la torta que se enfriaba sobre el alféizar.

Sin embargo, no fue aquel manjar de manzana y nuez lo que las chicas miraron, sino al bebé de ocho meses que desde su sillita agitaba el sonajero como si estuviera poseído.

—¿Ha vuelto a crecer la familia? —preguntó Mandy, ilusionada.

—¡Ay… qué monada! —dijo Gillian, y no acabo de decirlo que ya lo sostenía en sus brazos y le hacía carantoñas.

Eileen acarició la cabecita del bebé con dulzura. Si pudiera, desde luego, llenaría su casa de niños. De hecho, desde hacía veinte años lo intentaba con bastante éxito a través de colaborar activamente con el servicio de acogidas de la región y aunque habían decidido con John hacer un paréntesis en dicha colaboración para poder centrarse en sus tres hijos adolescentes, volverían a ello tan pronto como fuera posible. Este caso era diferente; el niño era hijo de un miembro de la congregación a la que pertenecía el matrimonio Brady. La pobre mujer pasaba apuros económicos desde que el padre de la criatura los había abandonado, y se mataba a trabajar para sacar al pequeño adelante. Eileen se había ofrecido a hacerle de canguro siempre que lo necesitara. De tanto en tanto, cuando la mujer se lo permitía, también la ayudaba económicamente.

—Sería bonito, ¿no? Pero no, no ha vuelto a crecer la familia, hija mía. Solo lo cuido cuando su madre no tiene con quién dejarlo —volvió a hacerle una carantoña al bebé—. Lo que, por cierto, me recuerda que es hora de volver con mamá, que ya estará preguntándose '¿dónde está mi niño, que tarda tanto?' —lo tomó de brazos de Gillian—. Bueno, chicas, nos marchamos. Disfrutad de la tarta y sed buenas… —despeinó el cabello de su hija cariñosamente al pasar junto a ella—: Lo digo especialmente por ti, cariño.

—¿Cómo que por mí? Si soy una santa —miró a su madre y añadió con picardía— ¡cuando duermo!

Eileen confirmó las palabras de su hija afirmando con la cabezas varias veces. Poco después canguro y bebé desaparecieron tras la puerta.

—Ja. Te tiene calada, Mandy —dijo Gillian en voz baja—. Tú dices que no, pero es que sí.

—Qué va… A ver, también fue joven y se lo imagina, pero hasta ahí.

Gillian sacó los zumos de fruta de la nevera y los puso sobre la mesa; uno de piña y otro de manzana. Los dos caseros, preparados por Eileen para la merienda de sus chicas .

—¿Fue joven? —siempre la sorprendían esos comentarios de su amiga—. *Es joven.* Y te tiene caladísima. Los dos te tienen caladísima —puntualizó, refiriéndose a John Brady, el padre de Mandy.

—Tampoco exageres… Mmm, esto tiene que estar de vicio —comentó la menor de los hermanos Brady cuando el exquisito aroma de la nuez caramelizada que recubría la torta penetró en sus fosas nasales.

—No exagero. Tus padres saben de ti y de tus hermanos mucho más de lo que te imaginas. Están pendientes de vosotros —sonrió —. Están pendientes hasta de mi, que no soy de su misma sangre…

Eso era algo que Gillian había aprendido a distinguir muy bien pues tenía con qué compararlo, y a pesar de que no lo dijo ni continuó la frase, Mandy se dio cuenta.

No sabía gran cosa acerca de los padres biológicos de su nueva amiga y lo poco que sabía no era bueno. Gillian jamás hablaba de ellos y Mandy, que la quería y respetaba su silencio, se limitó a palmearle la mano cariñosamente.

Y a robarle una sonrisa con su siguiente broma:

—Espero que te equivoques porque si no… ¡pobre Jimmy Coach!

Las dos jóvenes echaron a reír cuando la imagen portentosa de John Brady apretándole las tuercas al capitán del equipo de béisbol apareció en sus mentes.

—¿Qué le sucede a Jimmy Coach? —preguntó Mark que en aquel momento entró en la cocina.

Venía del sector ganadero y vestía ropa de faena.

En su opinión, Jimmy Coach era un imbécil creído que se pavoneaba de sus conquistas y cruzaba el parque del instituto en plan John Travolta en *Fiebre de sábado por la noche*. Todo lo cual le daba exactamente igual mientras no se acercara a *su* hermana.

—¿Aparte de tenerte enfilado por morrearte con su chica? —dijo Mandy, sacando a relucir aquel rumor que había empezado a circular por todo Camden después de la fiesta de Debbie Sinclair, y que su hermano jamás se había dignado a aclarar.

Ja. Ni la chavala aquella era su chica, ni pensaba hablar del tema. No le importaba en lo más mínimo lo que pensara el muy…

—¿Aparte de ser un idiota? —apuntó Gillian, sacándole las palabras de la boca a Mark que asintió con la cabeza, haciendo que los rulos que poblaban su cabeza se sacudieran graciosamente.

—¿Y eso qué más da? ¿O tú piensas en su cerebro cuando lo ves con las mallas del equipo? —replicó la menor de los Brady con descaro.

—No te pases, Mandy.

Ella rió ante la advertencia de su hermano.

—No me paso… Es que no soy ciega, ¿sabes? —replicó con tal picardía que al final los tres acabaron riendo.

—¿Por qué todas os ponéis a babear en cuanto veis un tío musculoso? De verdad que me alucina… —se quejó Mark.

—Eso no es alucine, chaval; es envidia. Envidia cochina —terció Jason, que entró acompañado de su amigo Jordan, dándose total y absolutamente por aludido como hacía siempre que se le presentaba una ocasión de chinchar a su hermano mayor.

Gillian notó que la mirada de Mandy se concentraba en el recién llegado, pasando completamente de las bromas de sus hermanos. También notó que él, con disimulo eso sí, también le dedicaba su atención a Mandy. Interesante, pensó, que su amiga se pasara toda la tarde tonteando con un jugador de béisbol, cuando quien le interesaba de verdad era un vikingo. Muy interesante.

—Ya estamos con las bromas otras vez… —replicó Mark con una sonrisa desafiante—. ¿Sabes, chaval? Soy un tipo muy ocupado y *no* tengo tiempo de discutir memeces con mi hermano el cachas, así que ahí te quedas… —y a la pasada, le robó un trozo de tarta a Gillian que engulló con enorme glotonería.

—Qué pronto te rajas hoy —comentó Jason, sacando músculos y girando sobre sí mismo en una exhibición de su portentosa osamenta, vestida a la última moda—. ¿Qué pasa? ¿No vas vestido para la ocasión?

—Ja, ja, ja. Más quisieras… Qué va, es que no me quiero perder a Jeffrey montando a Ruiseñor… O mejor, intentando montarlo, porque dudo muchísimo que esa bestia se deje así como así…

—¿Es hoy? —exclamó Jason, animado.

—Es hoy —replicó Mark con una sonrisa imposible, anticipando lo que iba a reírse cuando el susodicho saliera volando por los aires.

Jeffrey era nuevo, la última incorporación a la cuadrilla de trabajadores temporales del rancho. Le gustaban los caballos desde que era niño y se estaba entrenando para ser jinete de rodeos (a escondidas de su padre). Pero más aún que adorar a los caballos, adoraba competir con el mayor de los hermanos Brady. A lo que fuera, eso daba igual. Y cuando aquel pingo llegó al rancho como semental en préstamo, con la fama de indómito y "malpulgoso" que lo precedía, tan inusual en un caballo de su raza, Mark no pudo resistir la tentación de desafiarlo, sabiendo que Jeffrey no se negaría.

Gillian ya estaba de pie, ansiosa por ver el espectáculo, cuando Jason exclamó:

—Joder… ¡Pues yo no me lo pierdo por nada del mundo! —.Y salió tras su hermano y Gillian, que ya estaban en el corredor—. ¿Te apuntas, Jordan?

Mandy alzó la vista de su porción de tarta y miró al vikingo con una gran, gran, gran sonrisa.

Jordan movió la cejas sensualmente.

—Claro —respondió sin apartar los ojos de ella—, ahora voy.

Alto, guapísimo y siempre vestido a la última. Encima, se había dejado crecer el pelo más allá de los hombros, dotando de realidad aquel apodo por el que todos los llamaban, y convirtiéndolo en un imán de ojos femeninos. Era imposible no mirarlo. Mandy ni apartó la mirada de Jordan ni modificó un ápice su actitud. Él, en cambio, se mostró tan cauto como siempre.

Desde aquella tarde a la salida del cine, cuando Jason se fundió en un abrazo con su amigo de la infancia después de cuatro años sin verse, y éste reparó en su hermana pequeña que lo acompañaba, y tomó conciencia de cuánto había crecido, Mandy y Jordan habían vuelto a coincidir en otras ocasiones. Siempre en las cercanías del colegio. Siempre acompañados de terceras personas. Su precoz instinto femenino le decía que a Jordan le gustaba, que aquellas chispas que habían saltado la tarde del cine habían sido mutuas, pero cuando se trataba del amigo de Jason, Mandy prefería no fiarse mucho de su instinto. Se emocionaba solo con verlo; estaba buenísimo.

Pero por más que Mandy continuara emocionándose interiormente ante su presencia, exteriormente su actitud era otra; la de una joven hermosa ante cuya presencia los que se emocionaban eran *ellos*. A diferencia de Gillian, incluso de la mayoría de sus compañeras de colegio, Mandy había tenido su primera menstruación muy pronto, y desde hacía un par de años su cuerpo mostraba formas generosas, más propias de una mujer que de una niña. Era muy popular entre los chicos del colegio.

—¿Estudiando? —preguntó Jordan, intentando sonar casual, al tiempo que miraba las dos pilas de libros y cuadernos que había en el centro de la mesa. Debió haberse ido con Jason y Gillian, eso habría sido lo normal. Pero últimamente, cada vez que la imagen de la pequeña de los Brady aparecía en su campo visual, la normalidad brillaba por su ausencia y él se descubría haciendo cosas la mar de tontas. Como esta. Intentar llenar el vacío preguntando una obviedad.

Mandy esbozó una gran sonrisa.

—Haciendo parecer que estudio para que no me riñan. Los libros y yo no formamos un buen equipo, ¿sabes? —y en aquel momento, se le ocurrió la idea perfecta para prolongar aquel encuentro inesperado—. Pero bueno, perdona mi falta de gentileza, ¿has probado la tarta de manzana y nueces de mi madre? Si no la has probado, hazlo. No sabes lo que te estás perdiendo…

Ganas no le faltaban, desde luego. Le encantaban las tartas de Eileen Brady y mucho más aún, su hija pequeña. De muy buen grado habría tomado asiento frente a ella y se habría puesto a degustar del doble placer de aquella tarta de aspecto apetitoso y de la compañía de la chica más preciosa del universo.

Pero era una idea pésima. Pésima total. ¿Acaso pensaba tontear con la hermana de su mejor amigo? Tenía que haber perdido el juicio. Le había dicho a Jason "ahora voy". Si no lo hacía, su amigo se preguntaría qué puñetas se había quedado haciendo en la cocina. O peor aún, volvería a por él.

Y lo encontraría haciendo el tonto con su hermana.

—Declino, gracias. Acabo de zamparme una de esas barritas energéticas a las que Jason es tan aficionado, y parece que me hubiera tragado una vaca. Llenan un montón…

—Es verdad —concedió Mandy—. Bueno, tú te lo pierdes…

No se refería a la tarta y los dos lo sabían. Hubo un silencio incómodo, tras el cual Jordan dijo:

—¿No vienes a ver el espectáculo?

Mandy sonrió para sus adentros. Le encantaba descubrir que el vikingo llamaba a retirada; era una confirmación de que su instinto funcionaba bien a pesar de la emoción. "Tú eres el mejor espectáculo para mis ojos", pensó.

Y más que le encantaría en un minuto, cuando aquel familiar sonido que desde el exterior acababa de llegar hasta los oídos de Mandy, se materializara en la cocina.

—Estoy viendo uno —apuntó, con su sonrisa de niña que no ha roto un plato.

Jordan la miró interrogante, entre risueño, curioso… Y emocionado.

—¿Te refieres a mí? —preguntó. El brillo de sus ojos denotó cuánto le había gustado aquel cumplido. Porque había sido eso… ¿o no?

Ella le gustaba mucho. Muchísimo. Era hermosa por los cuatro costados.

Dios, ¿por qué tienes que ser la hermana de Jason?

Pero en aquel preciso momento, cuando los pensamientos de Jordan se volvieron tan patentes que Mandy pudo leerlos con total claridad…

Cuando el corazón de Mandy empezó a latir desaforadamente de júbilo al comprobar que no se equivocaba, que Jordan suspiraba por ella tanto como ella lo hacía por él…

Cuando Jordan estaba a punto de sugerir un encuentro sin terceras personas, a pesar de saber que era la peor idea del mundo…

Justamente entonces…

—¡Jordan, pero estás hecho un hombre! ¡Ven aquí y dame un abrazo! —exclamó el padre de Mandy.

El joven volvió a la realidad en fracción de segundos, con la sonrisa traviesa de Mandy en su campo visual y la sensación de que acababa de ponerse rojo. Y mientras se giraba hacia John Brady, dispuesto a fundirse en un abrazo con él, su mirada se encontró fugazmente con la de Mandy, portando un mensaje silencioso.

"Eres terrible", dijeron los ojos de Jordan.

"Lo sé", respondieron los de Mandy con un destello de picardía.

♦♦♦♦♦

Tras el abrazo y las preguntas de rigor, y en cuanto John Brady se enteró de dónde estaba el resto de su descendencia, los tres pusieron rumbo a las caballerizas. Amable e interesado por todo lo relacionado con sus hijos tal como él lo recordaba, le bastó el trayecto que separaba la gran casa familiar del establo, para ponerse al día sobre el regreso de Jordan a la ciudad, su progreso en los estudios y el bienestar de su familia. El talante del padre de Mandy había cambiado, sin embargo. Procuraba disimularlo, pero su preocupación por Ruiseñor, y en especial por su inexperto jinete, resultaba evidente. Mandy y Jordan intercambiaron miradas; los dos tuvieron claro que alguien estaba a punto de llevarse un buen rapapolvo.

Las voces que llegaban desde el interior de la cuadra tranquilizaron al cabeza de familia porque indicaban que el caballo aún seguía en su compartimento, pero no relajaron la expresión de su rostro. Apuró el paso, dejando atrás a Mandy y Jordan y entró en el recinto dando indicaciones a los insensatos con su tono decidido habitual.

—Dejad a ese animal en paz.

Súbitamente, el silencio reinó en el lugar y no se oía más que los relinchos nerviosos del Appaloosa dentro de su box. John Brady apenas había alzado la voz para que se oyera por encima de las bromas y exclamaciones de los jóvenes, pero como sucedía siempre, aquello había sido suficiente para que las bocas se cerraran y los ojos de los presentes se concentraran en él, completamente atentos.

Mark continuó mirando la autoritaria figura que se había detenido pocos metros después de la entrada. La luz del día perfilaba su silueta haciéndolo parecer aún más imponente. Y solo entonces, se dio cuenta de la estupidez que había estado a punto de permitir que sucediera. No pudo evitar sentirse avergonzado.

—Esto es un rancho ganadero, no una guardería. Si no podéis dejar de comportaros como niños, mejor quedaos en casa. Y Jeffrey, la próxima vez que te vea cerca de los establos sin mi conocimiento, hablaré con tu padre. Es un viejo amigo que me ha confiado el bienestar de su hijo no solo su formación profesional, y como imaginarás, no voy a fallarle.

La mirada contrariada de John Brady se cruzó con la de su hijo mayor antes de marcharse. No dijo ni media palabra, pero para Mark fue suficiente para saber que la había cagado en condiciones.

—¿Quién ha sido el chivato? —dijo Jeffrey en cuanto se repuso del rapapolvo, rápido e inmune como era de esperar en un adolescente alocado. Sus ojos se volvieron hacia Mandy. Había venido con su padre así que solo podía haber sido ella. Además, al "figura" que la acompañaba no lo conocía—. ¿O debería decir chivata? Pero chica, no hacía falta que te preocuparas por mí… Te aseguro que esta hermosa bestia es pan comido —y acabó su exhibición de ego masculino haciéndole un guiño a Mandy que a la menor de los hermanos Brady le hizo menear la cabeza incrédula y a Jordan, arquear las cejas.

Jason fue el primero en soltar una carcajada. A su hermana había muy pocas cosas que "le preocuparan", pero desde luego, aquel moreno enclenque y descarado no estaba en la lista.

La siguiente carcajada, casi sin solución de continuidad, fue de Gillian. Para "preocupar" a Mandy había que ser capitán del equipo de béisbol, como mínimo. O vikingo. Eso también valía; era la última, flamante incorporación a la lista de "preocupaciones" de su amiga.

—Callaos, ¿queréis? —intervino Mark, malhumorado, al tiempo que cerraba la parte superior de la puerta del box de Ruiseñor—. Y tú —dijo, dirigiéndose a Jeffrey—. Ya has oído a mi padre.

—¿Qué, se han acabado las apuestas? Eso no te lo crees ni tú —replicó el aludido.

Las apuestas eran inherentes a los Brady, no solo a Mark, así que todos sabían cuál sería su respuesta antes de oírla de sus labios.

—No te ilusiones, chaval, que no se han acabado —replicó Mark, desafiante. Y añadió—: Pero los caballos se quedan fuera de las apuestas. ¿Lo soportarás?

Jeffrey miró a otra parte. Puede que todo peón que se preciara de tal tuviera al Rancho Brady en su mira. Puede que a todos aquel lugar les pareciera imprescindible para conseguir una buena formación y hacer carrera. No iba a negarlo. A él solo le interesaba por su hacienda de caballos, presentes y futuros. Por la perspectiva de estar cerca de especímenes únicos. ¿Si soportaría mantenerse alejado de ellos? La pregunta no era esa, sino esta; ¿acaso tenía alguna otra alternativa? Estar diez metros alejado era preferible a verlos solo por la televisión. Mientras fuera temporal…

Por toda respuesta, el chico soltó un bufido que puso sonrisas en el rostro de los presentes. Mark fue más allá; se acercó a él y le palmeó el hombro en una mofa consoladora.

—Tranquilo, hombre. Hay toda una fauna en este rancho que al Gran Cacique no le preocupa tanto y que seguro, seguro que no se te resiste… ¿Qué tal una oveja?

El recinto explotó en carcajadas cuando Jeffrey se sacó de encima el brazo de Mark, de muy mala uva.

—¡Vete a la mierda, tío! —exclamó el jinete, marchándose, en un último intento de salvaguardar su ego malherido.

◆◆◆◆◆

Tras el intento fallido de reírse a costa de Jeffrey, los hermanos pusieron rumbo de regreso a la casa.

El calor empezaba a apretar y el grupo caminaba bordeando el camino de tierra, donde una hilera de nogales y robles les ofrecía un poco de sombra, cuando Jason reparó en que Gillian se había rezagado. De hecho, ya no la veía.

—¿No venía contigo? —le preguntó a su hermana.

Venía con ella, pero cuando se trataba de estar en la naturaleza, Gillian era bastante volátil; Mandy había perdido la cuenta de las veces que se había quedado hablando sola porque su amiga había visto alguna criatura vegetal o animal, y se había largado sin más a observarlo de cerca. La mayoría de las veces Mandy ni siquiera se daba cuenta de cuándo había sucedido hasta que formulaba una pregunta y la falta de respuesta la alertaba de a que sus palabras se las había llevado el viento. Literalmente. Y si normalmente no se percataba de ello, menos aún aquel día; todo su interés estaba puesto en la figura masculina de vaqueros ceñidos y cazadora *bomber* de hilo que iba delante, conversando con sus hermanos.

—Se habrá quedado entretenida mirando algún oso polar —replicó traviesa.

—¿En Arkansas? —se mofó el *quarterback*—. Difícil.

Mark intervino con sorna.

—¿Difícil? Qué dices. Para Mandy no es difícil.

Jordan empezó a reír al ver la cara de Mandy cuando ella respondió:

—Polar, hormiguero… ¿qué más da? Si pertenece al reino animal o vegetal seguro que a Gillian le interesa. Ayer me tuvo diez minutos mirando un —se puso a gesticular como si intentara representarlo en el aire— una especie de… con una cola muy larga y cuatro pares de alas que estaba sobre un narciso….*ajjjjj*…. Un bicho volador azul que brillaba…

Jason meneó la cabeza ante la ignorancia supina de que hacía gala su hermana. Viviendo donde vivía, y siendo hija de quien era, le resultaba inconcebible su total desconocimiento de la fauna y flora local. Vio que Jordan se cubría la boca, en un claro intento de evitar soltar una carcajada. Mark, en cambio, miraba a su hermana con absoluta incredulidad.

—Se llama libélula, Mandy —aclaró el *quarterback* al tiempo que pasaba a su lado en la dirección opuesta—. Seguid vosotros, que voy a ver qué está haciendo.

—Y yo qué sé… —replicó ella, encogiéndose de hombros cómicamente—. Si es un bicho y vuela para mí es un bicho volador…

Al fin, Mandy también se tentó de risa al ver los esfuerzos de Jordan por aguantar la suya, y la expresión de su hermano mayor, que la miraba como si toda ella fuera un ser venido de otro planeta.

En esta ocasión no de trataba de una libélula, sino de un gatito. Era pequeño y no dejaba de maullar, asustado, porque se había quedado atrapado por una pata del alambre de espino. Gillian lo había liberado y ahora, sentada sobre sus talones con el pequeño animal en sus brazos, estaba usando la cinta del pelo a modo de venda para comprimir la herida. Su largo cabello, libre de ataduras, se le echaba en la cara dificultando la tarea.

Jason apuró el paso al verla y se agachó a su lado.

—¿Quieres que lo haga yo?

—Mejor encuentra algo con que atarme el pelo.

Él echó un vistazo alrededor, pero enseguida usó su propia mano a modo de lazo. Gillian lo miró divertida.

—Un chico de recursos, sí, señor. ¿Cómo no se me habrá ocurrido antes?

Lo era y normalmente habría resuelto aquel asunto de otra manera sin ningún problema. Pero desde el primer momento había sentido curiosidad por aquella mata de pelo y no precisamente porque no tuviera ocasiones a porrillo de acariciar cabellos femeninos, pero esta melena en particular era diferente. Era una maravilla que lo incitaba a tocarla, igual que haces con un cachorrillo, pero como no podía -ni quería- explicarlo, tiró de su archiconocida vanidad para salir del paso.

—¿Has visto? —y no le dio tiempo a su amiga a responder—. Vaya a saber cuánto tiempo llevará ahí…

—Sí, pobrecillo… Habría que revisar las alambradas. Hay tramos que están en mal estado.

—Se lo diré a mi padre.

Gillian acabó con el rudimentario vendaje y se puso de pie sin dejar de examinarlo.

—Aparte de esa herida, parece que está bien… —comentó, y al darse cuenta de que la mano de Jason continuaba haciendo las veces de coletero, esbozó una gran sonrisa—. ¿Piensas ir así todo el camino hasta la casa? Nos van a mirar raro, ¿no?

Jason retiró su mano del cabello femenino y cogió al gatito.

—Será mejor que lo lleve yo; tú ya has cubierto tu cupo esta semana. Si le llevas a mi madre otra boca que alimentar, te quedas sin cenar —y no había acabado de decirlo que ya estaba riendo solo con imaginar la cara de Eileen cuando les viera llegar con *otro* animal herido.

Gillian también echó a reír.

—Si luego es ella la que cuando los animales se recuperan, no los quiere dejar ir…

Los dos reanudaron la marcha con el nuevo inquilino en brazos del *quarterback*.

—Vamos a jugar una partida de billar, ¿te apuntas?

—Me encantaría, pero tengo que estudiar.

—Es sábado, date un respiro… ¿De qué es el examen?

—Mates —replicó Gillian, aunque con solo ver su cara de asco, Jason ya lo había adivinado.

—Ah, las matemáticas son pan comido… Mañana, si quieres, te ayudo con el temario.

Era pan comido para alguien con un coeficiente intelectual de genio como su amigo aquí presente; para el resto de los mortales era un tostón.

—No tengo tu CI, chaval.

—Tampoco mi simpatía ni mi pedazo de cuerpo, pero sigue siendo pan comido; ya quisiera Mandy tener tus calificaciones —replicó, todo orondo, mientras le obsequiaba una sonrisa *Profidén*.

Gillian soltó una carcajada.

—Vaya, no sé si darte las gracias o mandarte a paseo.

—Dí que me tomas la palabra y vente a los billares con nosotros —otra sonrisa *Profidén*.

—Te tomo la palabra. Y mañana tocará diana a las ocho de la mañana, que lo sepas. Así que no te acuestes tarde porque no tendré piedad.

—Tranquila, que estaremos de regreso temprano —replicó Jason animado por la idea de disfrutar de sus buenos amigos aquella tarde; Jordan y Gillian.

Ella lo miró con picardía.

—Me refería a ti, no a mí. Como has dicho no tengo tu CI "ni tu simpatía ni tu pedazo de cuerpo" así que… ¡toca estudiar!

—Tramposa.

—Vanidoso.

Jason le hizo un guiño a su amiga.

—*Vaaale*. Tú ganas —dijo, en lo que parecía una concesión. Gillian en cambio esperó a ver qué venía después antes de echar las campanas al vuelo. E hizo bien, porque Jason añadió—; ¿qué le voy a hacer si estoy de "toma pan y moja"?

Jordan había aceptado la invitación de Eileen de quedarse a cenar. Además de que no resultaba nada fácil negarse a la hospitalidad de aquella gente, tenía que admitir que la posibilidad de estar un rato más junto a Mandy era muy tentadora. No habían parado de intercambiar miradas pícaras a hurtadillas —librándose por los pelos de que los pillaran en varias ocasiones—, que confirmaban que habían entrado de lleno en la fase flirteo.

Pero ya habían cenado, tomado el postre y Jason, culo de mal asiento como siempre, había propuesto plan para aquella tarde —un plan que no incluía a las chicas de la familia, que tenían que estudiar—, y ya estaba despidiéndose de todos. Era hora de marcharse, quedaba claro. Jordan se puso de pie y también comenzó a despedirse de los Brady, después de agradecerles de nuevo la gentileza de haberle invitado a cenar. No hizo el menor ademán de acercarse a Mandy. En cambio, alzó un brazo a modo de despedida, ella le respondió con una sonrisa, y Jordan siguió a su amigo hacia el porche.

Fin de la cita, pensó con resignación, y un instante después tuvo que reírse de sí mismo por la tamaña estupidez que acaba de pensar. ¿Cita? ¿Qué cita? … ¿Y con quién? La belleza de aquellos impresionantes ojos celeste claro, casi transparentes, que no se habían apartado de los suyos en toda la comida, evidentemente, lo habían hechizado. Además de dejarlo imbécil perdido, claro. Porque tenía que estar muy, pero que muy imbécil para pensar lo que estaba pensando.

Coquetea contigo, como cualquier chica, pero no te equivoques; esta no es una chica cualquiera y tú no puedes coquetear con ella. Bueno, como poder... puedes. Y su hermano, o sea, tu mejor amigo, también puede romperte la cara cuando se entere. ¿Qué te parece ese plan, chaval?

Ya habían llegado junto a la cochambrosa furgoneta que John Brady le prestaba a sus hijos los fines de semana, cuando la voz de Jason lo sacó de sus pensamientos.

—Joder… Espérame aquí, que me he dejado las llaves.

Jordan se recostó contra el vehículo a esperar a su amigo. Poco después vio que la puerta de casa volvía a abrirse y Mandy reaparecía en su campo visual. No iba sola, la acompañaba Gillian.

—¿No teníais que estudiar?

—Después de cenar, lo mejor es un pequeño paseo —replicó Mandy haciendo que Gillian tuviera que mirar hacia otra parte para no troncharse de risa en su cara—. Hay que aprovechar el buen tiempo.

—Vamos, en otras palabras, que estáis fabricando las ganas —dijo Jordan, risueño—. No sé por qué me da que hoy no habrá estudio. El río está ideal en esta época del año y el atardecer es la hora perfecta.

—Pues sí, y ahora que lo dices…

Gillian se quedó contemplando la escena entre divertida e incrédula. Se habían inventado lo del paseo. Mejor dicho; a Mandy se le había ocurrido, para poder salir y forzar otra "conversación casual" con el vikingo. Y ella se había prestado para que el matrimonio Brady no se percatara de las verdaderas intensiones de su hija menor. Pero oírla hablar de zambullidas a esas horas, con lo poco que le gustaba a su amiga estropearse el peinado, le parecía alucinante.

—Lo dicho; hoy no vais a estudiar mucho —apuntó Jordan, todo sonrisas.

Mandy no se lo pensó dos veces y aprovechó aquella ocasión caída del cielo:

—Bueno, ya me pondré al día el lunes, en la biblioteca.

Estaba claro que aquellos ojazos habían vuelto a hechizarlo, pensó él, pero…

Jordan tampoco la desaprovechó.

—¿Sobre las dos?

Ella esbozó una gran sonrisa.

—Sí, sobre las dos —Mandy se apartó el cabello de la cara con coquetería y a continuación guardó ambas manos en los bolsillos de su falda vaquera—. Bueno, que os divirtáis… ¿Vamos, Gillian?

La aludida se apresuró a cerrar la boca, que se le había abierto de pura sorpresa ante lo oído y visto, y asintió con la cabeza.

—Claro, sí… vamos.

En el sillón junto a la ventana del salón, John alzó la vista del periódico que acababa de desplegar, y se quedó inmóvil, escuchando. Los tiempos habían cambiado mucho desde su adolescencia, era cierto, pero estaba bastante seguro de que su niña y el mejor amigo de Jason acababan de fijar una cita.

John Brady volvió a echar un vistazo al gran edificio que había al otro lado del parque y verificó la hora. Llevaba veinte minutos allí, esperando al volante de su flamante Ford Explorer de cinco puertas, y ni rastro de Mandy. Aunque ella llegara tarde, tampoco había visto a Jordan. Si era una cita, él no se habría atrevido a retrasarse, razonó.

No pensaba bajar la guardia aún, pero cabía considerar la posibilidad de que su súper desarrollado instinto paternal hubiera malinterpretado aquellas palabras entre Mandy y el mejor amigo de Jason. Algo más aliviado, John volvió a poner en marcha el vehículo y se incorporó al tráfico.

En el interior de la biblioteca, sin embargo, en el sector dedicado a historia del arte, estaba teniendo lugar una cita amorosa. La primera entre el mejor amigo de Jason y la única hija mujer de los Brady.

Jordan llevaba allí más de un cuarto de hora cuando vio entrar a Mandy. Y fue verla y darse cuenta de que su interés por ella había crecido geométricamente desde la última vez que lo había hecho, hacía un par de días. La vio avanzar hasta la bibliotecaria, una cuarentona conocida por su inmensa paciencia, y hacerla sonreír seguramente con alguno de aquellos comentarios desenfadados que le ponían a la gente tan difícil no relajarse y reír. Era preciosa, sí, con aquella melena rizada que por ir a la moda se empeñaba en alisar y que parecía siempre recién salida de la peluquería, y aquella feminidad que exudaba por cada poro de su piel y que Mandy se ocupaba de realzar con su vestuario. Siempre combinado con mucho gusto. Siempre con aquel punto sexy, pero no demasiado. Y aquella risa espontánea… Y aquellos ojazos casi transparentes, que como sus dos hermanos había heredado de Eileen Brady.

Para ya, chaval, o vas a empezar a babear en cualquier momento.

Mandy había tomado nota de las indicaciones de la bibliotecaria en una libreta y tras dejar su mochila en una de las mesas de consulta, se dirigió hacia una estantería, dos pasillos más adelante de donde estaba Jordan. Él dejó de hacer que consultaba el libro que sostenía en las manos y no tenía la menor idea de qué trataba, y se encaminó hacia ella. Se hallaba a un par de metros cuando lo que empezó a hechizar a Jordan fue el perfume de Mandy. Un metro más y ya estaba totalmente embriagado. Llegó a pensar que aquello era un mal comienzo; estaban en un lugar público, rodeados de estudiantes. ¿Cómo se las iba a arreglar para acercarse a ella y conversar normalmente si sus rodillas, que de pronto parecían hechas de gelatina, ponían en peligro su verticalidad?

En aquel momento, como si hubiera presentido su presencia, Mandy volvió la cabeza y sus miradas se encontraron. Entonces, Jordan dio gracias a los dioses por haberle puesto algo en lo que apoyarse al alcance de la mano. Procurando no perder garbo, el vikingo se recostó parcialmente contra la estantería.

—Qué puntual.

Jordan lo había dicho por decir algo. O tal vez había sido un intento inconsciente de probar si sus cuerdas vocales aún funcionaban (o también se habían convertido en gelatina). Le alivió comprobar que su voz sonaba bien. Casi normal.

Mandy no se privó del placer de una inspección ocular que efectuó con disimulo. El resultado de la cual fue tan bueno que a punto estuvo de escapársele un suspiro. Por suerte, logró enmascararlo de manera bastante convincente tras una risita picarona.

Siempre que lo había visto, Jordan iba a la moda. Pero era un "estilo Jordan" de hacerlo. Todo lo que se ponía realzaba su espigada figura y sus rasgos nórdicos. No era un 'musculoso' como Jason, ni destacaba especialmente en ningún deporte, pero tenía ¿ángel? *Un ejército de ángeles.* Hoy había escogido unos pantalones negros de dénim y una impactante camisa blanca de mangas cortas que resaltaba el bronceado de su piel. Eso era algo que Mandy había notado de inmediato aquella tarde, poco después que él regresara a la ciudad tras varios años de ausencia; Jordan ya lucía muy bronceado a pesar de que estaban en primavera. Era imposible no reparar en él. Dios, le daba la flojera solo con mirarlo a distancia, y ahora lo tenía al lado.

—¿No esperabas que fuera puntual?

Jordan hizo un gesto dudoso con la boca que, de inmediato, centró toda la atención femenina en aquellos labios perfectos… Algo que no pasó desapercibido al vikingo cuyas rodillas volvieron a ablandarse.

—Las chicas no soléis serlo… —consiguió decir, pero los dos notaron que su tono de voz había sonado más grave.

—Dependerá del interés, ¿no? —replicó ella, manteniéndole la mirada. Incapaz de despegarse del brillo demencial de aquellos preciosos ojos azules.

—¿Algo así como que cuanto más os interesa, más puntuales sois? —aquellos labios de infarto volvieron a fruncirse en un pícaro gesto de duda.

Porque Jordan, desde luego, lo dudaba. Y mucho. Sabía, porque se había tomado el trabajo de averiguarlo, que sus cuantiosos admiradores echaban raíces esperándola. ¿Estaba sugiriendo que él era el único que despertaba su interés lo bastante como para llegar a tiempo a su cita?

Ojalá, preciosa, pero permíteme que lo dude.

Mandy concedió con un leve movimiento de la cabeza, tan leve y tan ambiguo que dejaba el asunto abierto a múltiples interpretaciones.

Él permaneció mirándola a los ojos, haciendo que partes del cuerpo femenino, que su dueña siempre había creído sólidos, empezaran a ablandarse a velocidad de vértigo. En cualquier momento se convertiría en un pringoso charco a los pies del vikingo, pensó, pero si tenía que ofrecer semejante espectáculo, decidió que no lo haría sola.

—En ellas no lo sé. En mí… sí —admitió con suavidad.

Guaaaaau.

Jordan contuvo el aliento, y mientras la sangre emprendía una loca carrera en sus venas, el último ápice de voluntad que le quedaba, se desvanecía como por encanto.

Dios, estaba jodido. Pero que muy, muy jodido.

Avanzó un paso, obligándola a alzar el mentón.

—Pues en ese caso… —hizo una pausa durante la cual sus ojos recorrieron el rostro de Mandy, embriagados—. Que sepas que llevo aquí un cuarto de hora.

Ella más. Llevaba media hora en el baño de la biblioteca, haciendo tiempo. De a ratos se peinaba o retocaba la máscara de sus pestañas. O giraba sobre sí misma por milésima vez frente al espejo para asegurarse de que todo estaba perfecto… La verdad era que caminaba sobre nubes desde el sábado, cuando él, al fin, se había lanzado a la piscina, sugiriendo un encuentro. La verdad era que desde aquel preciso momento, la ansiedad y las ganas de verlo se la comían viva. No había logrado concentrarse en nada; no había podido estudiar, ni leer, ni escuchar música, ni nada de nada. Solo pensar en Jordan, en la cita que tenían, e imaginar cómo sería. Soñar despierta.

—En ese caso, tu interés ha de ser grande… Un cuarto de hora es mucho tiempo para esperar a alguien.

—A ti no —replicó Jordan, y cuando lo hizo, ya había empezado a inclinarse hacia ella—. A ti te esperaría toda la vida.

Esta vez fue Mandy quien contuvo el aliento. Sus ojos se posaron sobre los labios de Jordan, anticipando su beso con tal ansia, con tal deseo que, por momentos, se sentía rara. En su precoz adolescencia, la habían besado muchas veces, pero nunca lo había deseado tanto como esta. Nunca.

—¿Toda la vida? Eso es mucho, ¿no? —apuntó ella, casi un ronroneo.

Él rió bajito, apoyó su barbilla sobre la cima de la cabeza femenina. Mandy también rió. Y suspiró por aquel gesto tremendamente dulce, que sucedió al mismo tiempo que su mano la asía por el codo, poniéndole el corazón a la carrera. Estaban muy cerca. Nunca lo habían estado tanto.

Sentía el calor que emanaba del pecho masculino, aquel perfume para hombres que aunque no lograba identificar, sabía con total certeza que no olvidaría jamás... El fuego que desprendía la mano que la sostenía por el codo llenándole el vientre de mariposas. Las mismas que desde hacía dos días le revoloteaban por el estómago y que ahora, evidentemente, habían cambiado de localización. Aquello era una locura; un mundo de sensaciones embriagadoras que la embargaban completamente... Y todavía no la había besado.

Jordan volvió a buscar su mirada. Mandy vio como ladeaba la cabeza y se aproximaba. Cada vez más cerca, sus ojos más y más brillantes. Podía sentir la brisa tibia de su respiración sobre los labios, y aquellos preciosos ojos azules acariciándola...

Suspiró sin poder evitarlo.

Entonces, una voz los dejó congelados. Como una película a la que han puesto en pausa.

—¡Jordan, hola, qué bien que te encuentro...! Oye, lamento haberte dejado plantado el sábado, pero vinieron unos antiguos compañeros de colegio de mis padres, se quedaron a cenar y... bueno, ya sabes lo pesados que pueden ser cuando se trata de quedar bien con los ex-compañeros...

Mandy fue la primera en apartarse. Lo hizo en cuanto reconoció la voz de quién hablaba. Pensó con más recelo del que estaba dispuesta a admitir, que el problema de poner los ojos en un dios vikingo era que había un ejército de valquirias dispuestas a guerrear por él.

Jordan se irguió, recuperando una postura normal, y se volvió hacia la recién llegada, maldiciendo para sus adentros. Había hecho que sonara a una cita, y no lo había sido. A ver cómo lo arreglaba antes de Mandy cogiera carretera y manta. Por lo pronto, ya se había apartado. Lo siguiente, estaba seguro, iba a ser enfilar para la puerta.

—Hola, Sam… Tranquila, que jugamos la partida igual y la ganamos. Todavía no sé cómo, pero la ganamos —apuntó Jordan con humor en un claro intento de quitar hierro al asunto.

Era una compañera de curso y, por lo tanto, era dos años mayor que Mandy. Y sí, estaba buena y podía ser bastante divertida cuando quería, pero a Jordan lo único que le había interesado de ella el sábado, era que jugaba bien al billar.

Mandy alzó la vista, interesada. Miró a la morena que ya no lucía tan radiante ni tan embobada con el dios vikingo. La vio encogerse de hombros.

—Ah, bueno, me alegro… —dijo con cara de cualquier cosa menos de alegrarse—. Avísame para la próxima. Ya sabes que me encanta jugar al billar.

Jordan asintió y la morena se marchó después de fulminar a Mandy con la mirada. Durante un momento, hubo un incómodo silencio entre los dos. Intercambiaron miradas sin decir nada. Al fin, Mandy habló:

—Así que habíais quedado para jugar al billar… —dijo, todo picardía.

Jordan sonrió para sus adentros.

—Ella no lo sé, yo sí —replicó imitando las palabras y el tono que Mandy había usado antes.

Mandy se echó a reír. Menudo caradura.

—¿En serio?

—Sí, en serio —replicó él, complacido y agradecido porque aquella preciosidad hubiera tomado el tema con tan buen ánimo. Buen ánimo que, decidió, aprovecharía a tope—. Ven, que te quiero mostrar algo…

Jordan la tomó por el brazo, apenas lo bastante para guiar el camino. Avanzaron por el estrecho pasillo cubierto de libros a ambos lados hasta la última estantería, al final de la sala. Mandy se dejó guiar, intrigada y al mismo tiempo, divertida.

Al fin, Jordan se detuvo, se situó frente a ella y la empujó suavemente contra la estantería que había a su espalda. Un escalofrío recorrió el cuerpo de Mandy que miró a ambos lados para descubrir que estaban no solo a solas, también a cubierto de miradas curiosas.

—Se ve que conoces bien los recovecos de este edificio —apuntó con malicia. Con cuántas damiselas se habría enrollado allí mismo, mientras sus respectivos progenitores pensaban que sus niños estaban estudiando.

Pero Jordan no respondió. Llevaba tiempo ansiando y a la vez temiendo, aquel momento, y el tipo de comunicación que quería tener con Mandy en aquel preciso instante no consistía en hablar.

Hacía varias miradas que Mandy había empezado a estremecerse; cada vez que esos dos trocitos de cielo se posaban sobre sus labios, diciéndole sin palabras cuánto deseaban paladearla, una sucesión de escalofríos le ponían el vello de punta y las mariposas se arremolinaban en su vientre. Entonces, tenía la impresión de que su corazón latía allí mismo, en aquel rincón íntimo que ningún chico había explorado aún.

Atrapado por un magnetismo al que ya no podía resistirse, Jordan se inclinó hacia Mandy y empezó a acercarse sin dejar de mirarla. Notó que temblaba —¿o era él quien lo hacía?—, que sus hermosos ojos celestes echaban chispas anticipando un momento que supo entonces, ella deseaba tanto como él…

Podía sentir su perfume embriagador, el calor de su respiración, el sabor dulce, excitante de su aliento cuando ella suspiró, y un segundo antes de entregarse a un momento que deseaba locamente, pensó que no había en todo el universo un tipo con más suerte que él.

Sus labios casi se tocaban cuando una voz que no podía estar a más de dos metros de donde se hallaban ellos, exclamó:

—¡Pero si es Jason Brady, dichosos los ojos que te ven!

Y no había acabado de decirlo que Jordan más consciente y alerta de lo que recordaba haber estado jamás, ya se había apartado dos metros de Mandy.

Consciente de quién era la preciosidad que había estado a punto de besar. Alerta porque necesitaba toda su lucidez y todos sus reflejos para largarse de allí sin que Jason los descubriera. No solo no podía explicar por qué estaba en la biblioteca cuando le había dicho, apenas una hora atrás, que se iba a Little Rock, a una entrevista universitaria. Menos aún podría explicar qué hacía en aquel rincón con su hermana pequeña.

Con mucha suerte, el *quarterback* le partiría la cara, pero el tema no trascendería. Lo más probable, en cambio, era que la familia acabara enterándose, y además de quedarse sin amigo, que John Brady le leyera la cartilla… Y bien merecido que lo tendría, porque estaba claro que había perdido completamente la chaveta.

Asombrada, Mandy vio cómo el vikingo le indicaba con un seña que esperara allí unos instantes hasta que él se hubiera alejado.

Un segundo después, y tras apretarle cariñosamente una mano, Jordan desapareció de su vista.

5

Después de su primera cita frustrada con Mandy, no había habido otras. Por un lado, Jordan había llegado a verle las fauces al lobo en aquel primer intento y tardó en sobreponerse de los efectos del mal rato. Por otro, en casa de Mandy las cosas se habían puesto serias a consecuencia de su bajo rendimiento escolar y sus salidas estaban suspendidas hasta que acabara con los exámenes. Se habían cruzado en el parque del recinto estudiantil en un par de ocasiones, pero ella, aunque siempre tenía una sonrisa o un guiño para él, rara vez se detenía.

Tras el ajetreado período de exámenes, el verano se les echó encima, y con él, las vacaciones pusieron kilómetros entre los dos. Literalmente; Mandy (acompañada de Gillian) se trasladó al sur del estado, a casa de su tía materna, y Jordan a Canadá, donde vivía su hermana mayor.

Ninguno consiguió dejar de pensar en el otro, pero no volvieron a verse hasta finales de septiembre, y fue entonces, cuando Mandy continuó mostrándose tan ocupada como los meses anteriores, que Jordan comprendió que no se había salvado por los pelos. Todo lo contrario; se había caído con todo el equipo ante quien le importaba de verdad. Porque mientras Mandy se desquitaba con Gillian del enfado y la decepción monumentales a cuenta de la actitud de Jordan el día de la cita, a él, la distancia y la necesidad de verla le hacían comprender que se estaba enamorando.

Aquella tarde, Jordan la esperó a la salida de la academia. Sabía por Jason que su padre, frustrado por lo mal que la niña de sus ojos llevaba las asignaturas de ciencias, la había matriculado en clases de apoyo. A base de espiarla como un vulgar *voyeur*, había descubierto que las clases tenían lugar tres veces por semana y que al salir se dirigía a la biblioteca donde se encontraba con Gillian. John Brady las recogía en la puerta del viejo edificio a las cuatro en punto. Así las cosas, con un poco de suerte, dispondría de cinco o diez minutos y dado que llevaba el discurso ensayado, confiaba en que sería suficiente tiempo para allanar el terreno para una futura segunda cita, que solo la preciosidad que miraba bajar las escaleras con ojos golosos sabía cuándo se avendría a aceptar.

Jordan se acercó a Mandy y con una sonrisa tomó los libros que cargaba en sus brazos. Acarició con su mirada aquel vestido celeste pastel de tirantes que le quedaba bestial. Procuró hacerlo con disimulo pero al detectar su sonrisa pícara, comprendió que el disimulo no había sido suficiente.

—Estás preciosa y los ojos se me van. Espero que no te importe —admitió sin rodeos. Ya que ella se había dado cuenta, intentaría aprovechar la situación dejando claro lo que sentía. A ver cómo reaccionaba a sus halagos.

Pero Mandy no estaba de humor para tonterías. Ella, siempre tan dispuesta a que sus compañeros de instituto le acariciaran los oídos, había descubierto que cuando se trataba de este compañero en particular, esperaba mucho más. También había descubierto, por la vía más dolorosa, cuánto la enfadaba que él no hubiera estado a la altura de sus expectativas.

—Lo sé. Sé que estoy como un queso y que no solo los ojos se te van cuando me tienes a tiro. Lo que no sé es qué haces aquí, dándome charla; hace tres meses dejaste claro que te conformas con mirarme. Así que, ¿qué se te ofrece ahora? —le dijo, enfrentándolo. Ni la suave sonrisa de sus labios ni el tono tranquilo, hasta cierto punto dulce que empleó, consiguieron suavizar la dureza de sus palabras.

Jordan arqueó las cejas de pura sorpresa, y un instante después frunció el entrecejo. ¿Le estaba plantando cara? ¿De dónde había salido ese genio? A la vuelta del verano, su chica preciosa y dulce se había convertido en una adolescente beligerante, dándole donde más dolía. *Por supuesto que no se conformaba con mirarla*, pero ¿qué esperaba? ¿Qué se comportara como si ella no fuera la hermana de su mejor amigo?

—Era cuestión de segundos que Jason nos descubriera, Mandy.

¡Acabáramos!, pensó ella. Tuvo que tensar la mandíbula en un intento de retenerla en su sitio, y que no se le cayera al suelo del asombro. Así que el plan del vikingo era *morrearse* con ella -y lo que se terciara-… En secreto. Poder disfrutar del dulce sin riesgos ni compromisos, comprobar qué tan lejos conseguía arrastrarla con su *sex-appeal*…

Y matarlas callando.

Mandy asintió suavemente.

—Y que lo digas. Bueno… —exhaló un suspiro y se colgó una sonrisa bien grande y bien traviesa al tiempo que recuperaba los libros de brazos de Jordan—, entonces será mejor que corras; ahora es mi padre el que está a punto de descubrirte.

Jordan meneó la cabeza divertido. Aquella preciosidad pasaba del genio a la picardía con una facilidad que lo dejaba pasmado. Y lo enamoraba cada vez más.

—No cuela, preciosa. Sé que os recoge a ti y a Gillian en la biblioteca.

Vaya, así que lo sabía. Había que ver cuántas molestias se tomaba para llevársela al huerto. Mandy volvió a asentir, sonriente. Quería impedir a toda costa que la desilusión, que llevaba anidando en ella todo el verano, se mostrara en su rostro y la delatara.

—Ya veo que lo tienes todo controlado —dijo, devolviéndole los libros. Al menos, se ahorraría tener que cargarlos—. Qué chico más listo.

Convencido de que había conseguido disolver la tormenta, Jordan se tragó un suspiro de alivio.

—¿Has visto? —respondió él, seductor.

Y le obsequió su mejor sonrisa.

◆◆◆◆◆

Mandy parecía la de siempre, pero no era la de siempre. Gillian lo supo en cuanto vio su cara. Ahora, sentada junto a John Brady, se limitaba a responder sus preguntas y el resto del tiempo, miraba por la ventanilla, ensimismada en sus pensamientos. Jordan la había acompañado hasta la puerta de la biblioteca y ella ya traía esa cara, así que tenía que estar relacionado con él. La verdad era que a Gillian le había sorprendido la reaparición del vikingo. Después de su actuación de final de temporada, largándose como un caco al que estuvieran a punto de sorprender con las manos en la masa, no pensó que él fuera a animarse a acercarse a Mandy otra vez.

Pero lo había hecho. No sabía si atribuirlo al valor o la inconsciencia. Ya le valía, desde luego. Gillian podía entender que Mandy hubiera encandilado al amigo de Jason; su inapelable belleza los encandilaba a todos. Más teniendo en cuenta que la última vez que la había visto, ella todavía era una niña. Su sorpresa al verla había quedado patente en su rostro aquella tarde. Pero precisamente porque conocía a los Brady y era amigo de Jason desde la niñez, dejarse encandilar era una estupidez. Una que podría salirle muy caro. Jason no era el más protector de los hermanos Brady, pero Gillian tenía claro que como se enterara de que Jordan había estado flirteando con Mandy, temblaría el cielo. Más aún, ella misma se sentía algo culpable por saberlo y no decírselo. Era el típico caso de lealtades enfrentadas; no podía traicionar la confianza de Mandy, pero por más vueltas que le daba al asunto, lo de Jordan le parecía una locura. ¿Qué buscaba? ¿Para qué había vuelto a acercarse a Mandy? ¿Acaso pensaba que se iría de rositas? Era amigo de Jason y él no se juntaba con tontos, así que Gillian había dado por hecho que era un tipo espabilado y que no solo lo parecía. Ahora empezaba a dudarlo.

Mandy no era de fiar cuando se enojaba y Jordan había conseguido hacerla rabiar. Se había pasado la mitad de las vacaciones despotricando contra él, y la otra mitad suspirando por verlo. Gillian sabía que se le pasaría. Ambas cosas; el enfado y el interés. Mandy no se parecía a otras chicas de su edad en cuestiones románticas. Siempre estaba pensando en algún chico, pero el objeto de sus pensamientos cambiaba por días. Gillian estaba segura de que era por pura diversión, por eso tan pronto conseguía lo que se proponía —una cita, un halago, un beso…—, su interés se esfumaba. Su popularidad contribuía a que todo fuera tan efímero. Y a pesar de que en esta ocasión el enfado y el interés estaban siendo notorios, visto lo visto, era cuestión de días que terminara.

La mirada de Gillian se cruzó con la de John en el espejo retrovisor. Él esbozó una sonrisa que ella se apresuró a devolver. Fue entonces cuando cayó en la cuenta de que el cabeza de familia también se había mostrado mucho más silencioso, ensimismado, que de costumbre. ¿Sabría que Jordan y Mandy habían vuelto a verse?

Vaya pregunta, pensó Gillian. *Este hombre lo sabe todo de sus hijos.*

Y a pesar de adorar a los Brady, tuvo que admitir que la fugaz sombra que durante un instante le había oscurecido el corazón, era envidia.

◆◆◆◆◆

No solo Gillian había notado el ensimismamiento de John, Eileen también. Aquella misma tarde incluso había intentado averiguar qué sucedía, pero él había restado importancia al asunto con una broma, y se había marchado al sector agrícola a continuar trabajando. Eileen sabía que había varias cuestiones rondándole la cabeza; los estudios de Mandy que no iban bien, las propuestas que Jason no dejaba de recibir por parte de equipos universitarios de fútbol y que implicaban, sin excepción, llevárselo fuera no solo de Camden, sino también del estado; la situación del mercado de granos que aquel año no se mostraba favorable a los productores de trigo y estaba afectando el bienestar de muchos rancheros amigos además de su propio rancho… Y aunque hacía días que se había dado cuenta de que el humor de su marido había cambiado, decidió darle espacio sabiendo que él mismo sacaría el tema cuando estuviera preparado para hablar de ello.

El momento llegó dos semanas más tarde. Mark había acabado el instituto y se había incorporado oficialmente a la plantilla del rancho, algo que deseaba desde que era niño. Aprovechando que acababa de dejar a los chicos en el colegio y que su hijo mayor (con la ayuda del capataz) se estaba ocupando de la cuadrilla contratada para las labores de otoño, John se detuvo frente al garaje (en vez de seguir hasta el sector agrícola), se apeó del vehículo y puso rumbo a la casa familiar.

Eileen se asomó al pasillo al oír la puerta de calle y le regaló una sonrisa al apuesto hombretón que disciplinadamente limpiaba la suela de su calzado en el felpudo de la entrada.

—Hola, vaquero… Qué raro tú aquí a estas horas. Que sepas que pienso aprovechar para malcriarte un poco… A ver, me pillas con la cocina hecha unos zorros y las provisiones bajo mínimos… Esos niños comen que da gusto… Pero puedo improvisar unas tortitas con caramelo, ¿te apetece?

John rodeó la cintura de su mujer con un brazo y le dio un beso en los labios.

—Dejemos las tortitas para la tarde. Ahora no tengo mucho tiempo… Pero necesito que hablemos.

Aunque él no había perdido su sonrisa suave en ningún momento, a Eileen se le encogió el estómago. De pronto, tuvo la sensación de que aquello, lo que fuera que había tenido a John tan abstraído las últimas semanas, era más serio de lo que, a priori, había supuesto.

—¿Tienes tiempo para un café? —ofreció intentando mantener la calma.

Él asintió y se sentó a la mesa de la cocina, punto de reunión favorito de la familia a pesar de que el caserón tenía dos plantas y más estancias de las que podían ocupar. Esperó pacientemente a que Eileen sirviera sendas tazas de café casero y se sentara junto a él. Y como no era su estilo ni el de la bondadosa mujer de ojos preciosos que lo miraban con la preocupación centelleando como carteles de neón, lo soltó sin rodeos.

—La madre de Gillian ha solicitado al juez que le devuelvan la patria potestad.

Los ojos de Eileen hablaron por ella; al instante, se llenaron de lágrimas. John extendió una mano y le acarició la mejilla suavemente. De todas los momentos duros que les había tocado vivir con sus niños de acogida —sus hijos de regalo, como los llamaba ella—, este sería el peor. Tremendo e inevitable.

—¿Puede hacer eso? —dijo, tragándose las lágrimas.

Su mujer había alzado el mentón, se había secado las mejillas con brusquedad y ahora lo miraba directamente a los ojos, dispuesta a presentar batalla. En aquellos momentos, cuando su inmensa generosidad se rebelaba ante la injusticia, y aquel ángel que amaba profundamente sacaba a relucir su vena más territorial y combativa… En momentos como aquel la admiración que John sentía por ella crecía exponencialmente.

—Ya lo ha hecho.

Eileen meneó la cabeza y se puso de pie de pura desesperación. Se recostó contra la mesada y dejó que su mirada se perdiera en el camino de tierra que conducía a las zonas ganaderas. Miraba sin ver y John lo sabía. Se esforzaba por mantenerse entera y seguramente ya estaría pensando en la forma más esperanzada de comunicárselo a sus hijos, de manejar aquel asunto. Pero también necesitaba digerir el veneno de la impotencia. Eso era lo que hacía.

Después de que a finales de primavera, el tribunal dictaminara que la tutela de la joven quedaba a cargo del estado, Gillian había pasado a engrosar la lista de adolescentes en espera de adopción. Gracias a la influencia de Blanche Rutherford y también a que las estadísticas obraban a su favor, tal como Jason le había dicho a su amiga aquella tarde, en un intento de animarla, Gillian había conseguido seguir entre los Brady.

Posteriormente y tras abandonar el hospital, su madre había ingresado en un centro de rehabilitación de toxicómanos, donde había superando el tratamiento de desintoxicación con éxito. Al parecer, el personal del centro le había conseguido un trabajo de unas pocas horas a la semana. Sabían por la asistente social que la mujer, aunque seguía (asombrosamente) de una pieza, tenía muchos altibajos, resultado del deterioro de su salud por sus malos hábitos de vida y también por su enfermedad. Eileen, que estaba convencida de que llegaría el día en que tendría que decirle a Gillian que su madre había muerto, llevaba meses preparándose para ese momento. Y ahora sucedía esto…

—¿Y Gillian?, ¿lo sabe?

John negó con la cabeza.

—La señora Rutherford me lo dijo hace quince días, pero esperé hasta que recibiera noticias sobre el dictamen judicial…. No tenía sentido preocuparos a todos sin al final el juez desestimaba su petición… —John hizo una pausa—. Se lo ha puesto muy, muy difícil, pero visto lo visto… Así que, tendremos que decírselo.

—¿Por qué ha tenido que darse así? Aquí ha encontrado todo lo que la vida le ha negado desde que nació y ahora ¿qué? ¿Tendrá que volver junto a esa …? —Eileen se tragó aquel adjetivo penoso del mismo modo que antes se había tragado las lágrimas—. ¿No ha sufrido bastante ya? A veces… —miró a su marido y al fin, apartó la vista sin acabar la frase.

John respiró hondo. Contempló ausente las dos tazas de café que continuaban intactas. A veces, él también se lo había preguntado. Se había preguntado si aquella decisión que habían tomado en relación a Gillian hacía tiempo era correcta. Una parte de él seguía defendiéndola a capa y espada. Una parte de él seguía creyendo que esa conexión que se había establecido entre Gillian y su hijo mediano al instante de conocerse y que desde entonces no había hecho sino afianzarse y crecer, no era de esta tierra. Era única, irrepetible. Adoptar a Gillian y sellar un lazo fraterno con Jason, habría sido ponerle cadenas a un vínculo que estaba convencido que se había fraguado en el cielo.

Claro que entonces, ni en sueños, habían contado con que la madre biológica de Gillian sobreviviera a sus adicciones. Menos aún que se rehabilitara y que además reclamara la custodia de su hija que llevaba la friolera de siete años entrando y saliendo del servicio de acogidas. No habían contado con eso en absoluto. Estaban convencidos de que Gillian seguiría con ellos para siempre.

Y fue esa parte intuitiva, en la que siempre había confiado, la que devolvió a John a la realidad con una certeza aún mayor. Se puso de pie y se acercó a su mujer. Buscó su mirada.

—Nunca dejará de estar en nuestros radares. Seguiremos pendientes de Gillian esté donde esté, protegiéndola y queriéndola. Lo que hay entre ellos es… —sus ojos se iluminaron de emoción — increíble, maravilloso… Pero sé, en mi corazón, que no es fraternal. Esta certeza es suficiente para mí —se inclinó a besar los labios de su mujer— y deseo con toda el alma que también lo sea para ti porque no quiero que sufras, cariño.

Eileen se aferró a su marido con fuerza, en un deseo desesperado de contagiarse de su confianza y que su corazón dejara de sangrar. Se debatía entre la desesperanza y la rabia, que subía en oleadas. Se hundía en el abrazo oscuro de la impotencia.

Al fin, respiró hondo y buscó la mirada de John.

—Pues si tenemos que entregársela a esa mujer, quiero que nos aseguremos de que tenga bien claro que estaremos vigilándola. Y que si vuelve a fallarle a Gillian, nos convertiremos en su peor pesadilla.

John asintió. La estrechó entre sus brazos.

—Así se hará, cariño.

◆◆◆◆◆

Mandy no se había enterado de la noticia por Gillian sino por su madre que la había llevado a las clases de refuerzo y tras contarle lo que el juez había dictaminado, le había pedido encarecidamente que procurara asimilarlo y no ponerle las cosas más difíciles a su amiga. Y lo intentaba, de verdad que sí, pero dos horas más tarde todavía seguía en shock.

Había tenido que hacer esfuerzos extra para concentrarse en lo que le explicaban en clase. Y esta vez no era por aburrimiento, sino por la mezcla de incredulidad, rabia y tristeza que se había adueñado de ella. No podía creer que su amiga volviera a estar con la espada de Damocles sobre la cabeza. No podía creer que una sola persona pudiera acumular tanta mala suerte en una sola vida. Mandy, al igual que el resto de su familia, no conocía a la madre biológica de Gillian más que por referencias del servicio de acogidas que no se caracterizaba, precisamente, por facilitar información personal a las familias enroladas en su programa. Pero estaba bastante segura de haber entendido que la mujer se encontraba muy enferma. Mortalmente enferma. ¿Cómo era posible que se hubiera recuperado? ¿Cómo era posible que un tribunal pudiera plantearse siquiera devolverle la custodia de su hija, aunque le hubiera puesto exigencias prácticamente imposibles de cumplir? Era una locura. Su corazón adolescente, apasionado como buena Brady, se revolvía furioso ante tamaña injusticia. ¿Qué se proponían permitiendo que alguien incapaz de cuidar de sí misma volviera a estar a cargo de una hija que había abandonado una y otra vez, cada vez que entraba en rehabilitación o en el hospital? ¿Y cómo los derechos de una energúmena como esa podían estar por encima de los de la pobre Gillian? ¿Es que acaso nadie pensaba en ella? Le daban ganas de presentarse en el tribunal y ponerse a repartir mamporros, a ver si Su Señoría espabilaba de una vez.

Salió de clase tan ensimismada en su propia rabia que no se despidió de nadie. Bajó las escaleras y se encaminó a la biblioteca. Tras recoger un par de libros que había encargado Gillian por teléfono, se dirigió al punto de recogida habitual a esperar a su padre. Él no estaba allí, pero Jordan sí.

Lo que me faltaba, pensó malhumorada, *pues no llegas en buen momento, bonito.*

O quizás sí. Dios, estaba buenísimo. Daba igual por qué lado se le mirara, Mandy ya los había probado a todos y el resultado era el mismo: un infarto.

Pero si crees que te lo voy a poner fácil, estás muy equivocado. Muy, muy, muy.

Ajeno a los pensamientos y preocupaciones de la joven, Jordan continuó mirándola con una sonrisa mientras ella se acercaba.

—Cumplo en advertirte que aquí es donde mi padre me recoge y que está a punto de llegar. No quiero que sufras ningún infarto por mi culpa.

Jordan permaneció inmutable. Era ella la que le alteraba el corazón. Ni su padre ni su hermano (aunque a ella, evidentemente, se lo hubiera parecido). Solo Mandy.

—Tu hermano no es mi tipo —replicó sin perder la sonrisa—. Y reconozco que tu padre está en forma… Si vieras al mío… Pero tampoco es mi tipo.

Míralo. Qué bromista.

—Ya. No me refería a esa clase de infartos —Mandy volvió a mirar su reloj de muñeca en un gesto ostensible, y añadió con malicia—: Si te marchas ahora, quizás no tengas que correr.

—¿Hubieras preferido que me quedara? ¿Que me arriesgara a que Jason nos viera besándonos?

"Besándonos". La sola palabra hizo que a Mandy un escalofrío le recorriera el cuerpo. Y otro, y otro más. Tal efecto tenía sobre ella el recuerdo de aquel momento que había reproducido en su mente, como un disco rayado, miles de veces durante el verano, lejos de Camden. Saber que su recuerdo era tan poderoso era una de las principales razones de su cabreo.

Ay, mierda… Quería dejar de sentir escalofríos, que las mariposas salieran de su estómago de una vez por todas y no volvieran nunca más. Por lo menos no, si la razón de su revoloteo era aquel vikingo que cuanto más miraba más perfecto le parecía. Quería centrarse en lo que de verdad le había atizado en plena vanidad, en lo que en realidad escocía; saber que sí, habría preferido mil veces enfrentarse al enfado de su hermano, al inevitable rapapolvo, al control al que la sometería en adelante para asegurarse de que no volvía a tontear con "alguien mayor", y muy especialmente, con *ese alguien mayor*, su amigo. Lo habría preferido, a ver al chico de sus sueños escabullirse por la puerta de servicio.

—Cuando dejo que un chico se me acerque lo suficiente como para poder besarme, espero que lo haga. Es más cuestión de costumbre que de preferencia, ¿sabes? Todos saben de quién soy hija y quiénes son mis hermanos, y pierden el culo por tenerme a la distancia que tú me has tenido. Y si lo consiguen… —Mandy hizo una pausa deliberada y añadió mirándolo a los ojos—: no se rajan.

—Será que no tienen nada que perder.

—¿Y tú sí?

—¿Acaso lo dudas? —replicó asombrado—. No creo que muchos de los que 'no se han rajado' estén invitados a comer en tu casa los domingos o sean amigos de la infancia de tu hermano mediano; yo sí. Soy su mejor amigo.

Mandy miró a otra parte. Lo que oía era muy razonable, muy 'maduro'. Vale, Jordan daba el pego; tenía pinta de ser muy razonable. El problema era que a ella no le bastaba. Respiró hondo y volvió a mirarlo.

—Bueno, si la cuestión está entre seguir catando la extraordinaria cocina sureña de Eileen Brady o a su hija... Lo admito, no puedo competir con eso —espió por el rabillo del ojo el vehículo que acababa de doblar la esquina y añadió, rezumando ironía—. Se te ha acabado el tiempo, Jordan.

El joven no se movió del sitio. En aquel preciso momento, había algo que le preocupaba infinitamente más que la presencia de John Brady. Aquel "se te ha acabado el tiempo" había sonado ominoso.

Muy bien, pensó Jordan, entonces, pedal a fondo.

—Pues... Espero que no —replicó cuando John Brady estaba aparcando junto a ellos—. Porque estoy loco por ti.

Aquello fue como si una corriente eléctrica la hubiera recorrido de la cabeza a los pies, arrojando a Mandy dentro de una burbuja atemporal. Una donde solo estaban ella y él. Una dónde solo podía oír los latidos enloquecidos de su propio corazón y aquellas palabras que tenían el extraño efecto de derretirla por sectores.

Para Jordan la experiencia fue igual de íntima, pero tremendamente más intensa. Había sido decirlo en voz alta y comprender que no se trataba de ningún farol. Estaba loco por Mandy. Total e irreversiblemente loco por la hermana de su mejor amigo.

Durante los siguientes instantes, la pareja continuó en silencio, incapaces de dejar de mirarse. Atrapados en la intensidad de las emociones que los embargaban.

Dentro de la furgoneta, John Brady se tomó su tiempo como era habitual en él. Notó el rubor en las mejillas de su hija. Y el brillo demencial en los ojos de Jordan. Y supo que tendría que poner remedio a aquel asunto antes de que las cosas se salieran de madre.

—¿Estás lista, Mandy? —dijo asomando la cabeza por la ventanilla—. Hola, Jordan.

Ella se apresuró a retirar su (enamorada) atención de aquel vikingo que le había puesto el corazón a dos mil por hora, y se dirigió al vehículo.

Jordan también se aproximó. Apoyó una mano sobre el techo y procuró que su expresión fuera casual cuando se inclinó para hablar con el padre de Mandy.

—Buenos días, señor. ¿Qué tal?

John pensó que, desde luego, había tenido días mejores. Sus días habían sido infinitamente más tranquilos cuando su niña llevaba coletas y no usaba pintalabios. Cuando no tenía que enfrentarse a las miradas masculinas de admiración que despertaba a su paso. *Cuando no tenía que preocuparse de los amigos de sus hermanos.*

Lo pensó y estuvo a punto de hacer algún comentario que le dejara claro al vikingo de se había dado cuenta y que no lo dejaría correr. Al fin, dijo otra cosa:

—Muy bien, gracias. ¿Te acerco a casa?

Los ojos de Jordan se encontraron fugazmente con los de Mandy, que los apartó antes de echarse a reír y estropear el momento. No había duda de que los dos estaban pensando lo mismo; que tras lo sucedido hacía un momento, Jordan no subiría a aquel coche pilotado por "el padre de la chica" ni aunque le fuera la vida en ello.

—No, gracias. He quedado con un compañero.

—Entonces, nos vamos… Saluda a tus padres de mi parte, Jordan.

—Lo haré, señor. Gracias.

El vehículo se puso en movimiento y fue justo antes de doblar la esquina, que Mandy, disimuladamente, se dio la vuelta para ver por el cristal posterior. Le gustó comprobar que Jordan continuaba allí, de pie, mirándola alejarse.

John espió a su hija por el rabillo del ojo. La sonrisa se le tragaba la cara. ¿Qué podía resultar tan interesante del paisaje para que ella le dedicara semejante sonrisa? Estaba claro que deambulaba entre pensamientos de quinceañera enamorada.

Como mínimo debía que intentarlo, pensó. Conociendo a su niña tenía bastante claro que no funcionaría. A veces, podía ser bastante alocada. Pero por intentarlo que no quedara.

—No es una buena idea, cariño.

—Perdona… —Mandy volvió la cabeza hacia su padre—. ¿Qué me decías?

John no respondió inmediatamente. ¿Había una forma menos directa de decirlo? Decidió que no.

—Es posible que llegue el momento en que Gillian tenga que dejarnos —miró brevemente a su hija antes de regresar a la carretera, y vio que su rostro se ensombrecía—. Y si es así, va a ser duro para todos, pero muy especialmente para Jason. Estaría bien que pudiera apoyarse en su mejor amigo —hizo una pausa dramática, esperando que tuviera tal efecto en su hija y añadió—. No quiero imaginar lo que sucedería si él se enterara de que tú y Jordan…

Los colores abandonaron la cara de Mandy de repente y al instante, regresaron con renovados bríos. Se puso completamente roja. John se congratuló interiormente, pero se mantuvo serio.

—Pero ¿qué dices, papá? —replicó lo bastante airada como para resultar convincente sin darse cuenta de que sus ojos y la rojez de su rostro ya la habían delatado—. Me lo crucé por la calle y me saludó.

—Ví cómo lo mirabas, Mandy.

Genial, pensó ella. Ojalá no tuviera un padre adivino.

—Papi, para tu información todas mis amigas lo miran igual —replicó con una gran sonrisa—. Es que no sé si te habrás dado cuenta, pero es *guapííísimo...*

John asintió. Qué raro le resultaba escucharla decir esas cosas. Para él seguía siendo su niña de las coletas, la que dormía abrazada a su osito de peluche. Le parecía que había sido ayer que la llevaba a hombros para que no se perdiera las atracciones en las fiestas locales. ¿Dónde se habían ido los últimos diez años?

Ensayó una sonrisa y continuó conduciendo sin añadir nada más.

Ahora ya no tenía ninguna duda; aquel asunto de su hija con Jordan se saldría de madre.

♦♦♦♦♦

Jason avanzó entre la maleza procurando no delatar su presencia y cuando llegó hasta la joven de cabello larguísimo y el peto vaquero, que estaba sentada a la orilla del río, le cubrió los ojos con las manos sin decir ni una sola palabra.

Gillian habría preferido estar a solas un rato más, que su amigo del alma no la hubiera encontrado tan pronto. Aún tenía la noticia atravesada a mitad de garganta y necesitaba tiempo para digerirla. Para asumirlo y volver a ser la de siempre. Pero allí estaba aquel chaval extra grande aquejado de acné juvenil; intentando hacerse pasar por otro, como si aquellas manazas, propias de un XXL, fueran tan comunes. Lo peor era saber que Jason estaba allí porque sabía que algo sucedía; bien porque su padres se lo hubieran dicho, bien porque él, siempre tan sagaz, hubiera intuido que algo no iba bien.

—Si querías sorprenderme, que sepas que la loción que usas se huele a kilómetros. No sé si es porque es así de fuerte o si porque te pones litros para que tus admiradoras sepan que ya te afeitas, pero cantas, Jay. Muchísimo.

Se afeitaba desde hacía año y medio, y vale que ningún Brady se caracterizaba por ser peludo, pero no necesitaba bañarse en aftershave para acaparar miradas femeninas, y la pigmea que tenía por amiga, lo sabía de sobra. Jason sonrió pero permaneció en silencio…

Y tapándole los ojos.

Gillian entrecruzó las manos alrededor de sus rodillas, abrazándolas, resignada a seguirle el juego ya que él no se daba por aludido.

—A ver, esas manazas solo pueden ser tuyas —tanteó los dedos que le cubrían buena parte del rostro, palpando los anillos que los decoraban—. Este te lo regalé yo, así que o eres Jason o eres su doble memo que no me deja disfrutar del paisaje.

Aquello funcionó al instante. El *quarterback* retiró las manos y se sentó junto a su amiga, riendo.

—No tengo ningún doble, Pitufina. Soy único.

Enana, pitufina… Su gigantesco amigo echaba mano de cualquier mote que resaltara la innegable realidad de que él era una torre y ella una pulga. Como si hiciera falta resaltarlo…

—Único no lo sé, pero vanidoso, un montón… —dijo Gillian, risueña—. ¡Eres lo más vanidoso que ha parido la madre naturaleza, chico!

Él ladeó la cabeza y la miró satisfecho:

—Pero conmigo te ríes, y esa es la idea.

—Yo siempre me río —matizó, a sabiendas de que lo que su amigo decía era cierto, y muy especialmente aquel día.

Él permaneció mirándola en silencio. Con su peto vaquero, su blusa de mangas cortas en forma de farolillos y su talante divertido se parecía a cualquier chica de su edad. Quién habría imaginado que la dueña de esa sonrisa en apariencia despreocupaba había pasado por tantas penurias en su corta vida… No, Jason no estaba al corriente de nada, pero a medida que recorría la finca buscándola sin hallarla, más convencido estaba de que algo sucedía. Todos en casa decían que la quinceañera tenía sus momentos, que de tanto en tanto necesitaba encerrarse en sus pensamientos, que eran cosas normales de adolescente. A otro perro con ese hueso. La única razón por la que su amiga desaparecía del radar de los Brady era para no preocuparlos, para recuperarse del disgusto o de la preocupación de turno antes de que ellos se dieran cuenta. Y lo sabía, porque él hacía exactamente lo mismo; aislarse para rumiar los asuntos y si hacía falta, tomarla con un árbol o una piedra del camino que tenían la enorme ventaja de no hacer preguntas ni pedir explicaciones. Encontrarla sola, a orillas del río, —'contando pececillos', como llamaba Gillian a sus retiros temporales de los radares familiares—, confirmaba que él estaba en lo cierto y por supuesto, ni pensaba dejarlo correr ni marcharse de allí sin saber lo que que ocurría.

Gillian exhaló un suspiro y apartó la vista de aquellos ojos celeste claro, casi transparentes, que le miraban el alma.

—Mi madre ha reclamado mi custodia —dijo. El drama de su vida recogido en una frase.

Jason se quedó en blanco, inmóvil. Mirándola fijamente mientras su cerebro se afanaba por cuadrar aquellas seis palabras que le parecían irreales, imposibles de creer. Sin atinar a nada más.

Aquel prolongado silencio y la expresión del rostro de su amigo constituyeron suficiente respuesta para Gillian, que le palmeó la rodilla en un gesto de consuelo; a ella le había sucedido lo mismo cuando John le había comunicado las malas nuevas. Era increíble que su madre hubiera conseguido burlar a la muerte, milagroso, y aunque le doliera admitirlo, le resultaba mucho más increíble aún que hubiera reclamado su custodia; que Gillian recordara la consideraba una carga, consecuencia de un error juvenil. Una carga que había dejado tirada en el camino más veces de lo perdonable incluso para alguien tan propenso a perdonar y a pasar por alto como ella.

Jason salió de su ostracismo con dos frases lapidarias.

—No puede botarte cuando le de la gana como si fueras un mueble viejo y luego reclamar sus derechos de sangre. Esto no va a quedar así.

—Puede —replicó ella con dulzura, conmovida por las palabras de su amigo. Conmovida por comprobar una vez más que el amor de aquella familia compensaba con creces el que nunca recibiría de sus propios padres—. Ya lo ha hecho, Jay.

El corpulento joven se puso de pie. Se sentía como un león enjaulado. Impotente. Frustrado. Y muy, muy egoísta porque en ese momento no conseguía imaginar aquel lugar, aquel paisaje, la casa, su vida, todo… sin Gillian, sin la alegría que había traído consigo, sin sus bromas y sus risas. Totalmente consciente de que debía lamentarlo por ella, y sintiéndose fatal por estar lamentándolo por él, soltó un bufido, enojado consigo mismo y con el mundo entero.

Ella lo siguió con la mirada. Reparó en que vestía ropa de deporte; unos pantalones negros, largos, unas zapatillas de entrenamiento del mismo color y una camiseta blanca de mangas cortas. A sus diecisiete años era el más corpulento de los Brady, un XXL que apuntaba a convertirse en doble XXL. Todo músculo. Y tanta inteligencia como tejido muscular, pensó Gillian, y entonces se dio cuenta de que pensaba en Jason para evitar pensar en ella y su nueva situación. Porque sí, estaba asustada y odiaba estarlo. La idea de que sus días volvieran a llenarse de los cambios de humor de su madre, de sus explosiones de ira seguidos de horas de llorera incontenible, la hacía sentir indefensa. Antes de los Brady, aún conservaba la fortaleza que otorga estar acostumbrado. Era todo lo que había conocido desde que tenía uso de razón. No sabía que hubiera otra forma de despertar, con un abrazo. Ni cómo era que alguien le preparara el desayuno y compartirlo en buena compañía… Ni que la fueran a buscar al colegio, y le preguntaran qué tal habían ido las clases…

Volvió la vista hacia el río. También era posible que pensara en su amigo porque era lo que hacía siempre. Algo así como un reflejo condicionado. Gillian se había sentido sola desde que tenía uso de razón, un ser pequeño en un ambiente hostil, pero en el instante en que sus miradas se cruzaron aquella mañana de Navidad, esa sensación se había desvanecido. Nunca había conseguido entender cómo o por qué; Jason y ella no se habían visto antes, pero era como si se conocieran desde siempre. Congeniaban, era cierto, pero además se conocían de la manera que lo hacen dos amigos que han compartido tiempo y aventuras. Desde aquel primer día, incluso sentía su presencia próxima, siempre cerca. En más de una ocasión, estudiando en su habitación, se había vuelto hacia la puerta, convencida de que Jason acababa de entrar… Descubría entonces que la puerta continuaba cerrada, y ella seguía tan sola como antes. Sin embargo, la sensación de que él estaba allí había sido tan real… Para alguien acostumbrado a ser invisible constituía un regalo saber, *sentir*, que existía en el mundo otro ser que no solamente 'la veía', sino que además la conocía tan bien. Ahora, rogaba a Dios poder seguir sintiendo la presencia de Jason cuando ya no estuvieran juntos. No podía imaginar su vida sin eso.

No quería imaginar su vida sin eso.

—¿Cuándo? —oyó que él le preguntaba.

—El juez ha dicho que si sus informes de rehabilitación siguen siendo buenos y si conserva su trabajo, cuando yo cumpla los dieciséis recuperará mi custodia y tendré que volver con ella.

Jason movió afirmativamente la cabeza hasta cierto punto aliviado. No sucedería mañana, ni en una semana. Tenían aún meses por delante. Pensó que quizás también tuvieran alguna posibilidad de que los supuestos no se cumplieran y por tanto, él juez acabara denegándolo. Pero enseguida cayó en la cuenta de que una mujer que había conseguido sobrevivir a las adicciones de toda una vida, incluso burlando a la muerte en dos ocasiones, sobrevivía a los "supuestos". Estaba claro que la ley de Murphy no le afectaba para nada.

—¿Y qué pasa si te niegas?

Gillian volvió la cara hacia su amigo. Él se había puesto de cuclillas y la miraba atentamente.

¿Qué pasaba si se negaba? Exhaló un suspiro. Una parte de ella haría cualquier cosa por quedarse, por no tener que abandonar aquel rancho y aquella familia de la que se había enamorado a primera vista; la otra no se pronunciaba con pensamientos, sino con sensaciones; la idea de negarse la hacía sentir fatal.

—Es mi madre, Jay.

Jason asintió de mala gana. No había ninguna sorpresa en su respuesta. Gillian era así; un corazón inmenso que solo Dios sabía cómo cabía en un cuerpo tan pequeño.

—Pues, ¿sabes qué? —continuó el *quarterback*—. Voy a querer verle la cara a tu madre.

Ella negó con la cabeza, sus ojos le dijeron con la misma dulzura de siempre que no sería así. Jason volvió a asentir, decidido.

—Sí, Gillian. Que sepa que esta vez tendrá que andarse con cuidado, que ni mi familia ni yo le vamos a permitir que te haga daño. Me da igual si te enfadas, iré contigo y no hay discusión.

En aquel momento, cuando una profunda vergüenza empezó a apoderarse de ella ante la sola idea de presentarle a la mujer que le había dado la vida, su natural aversión a estar triste (y a que Jason lo estuviera), hizo acto de presencia, salvándola una vez más de sus propias miserias.

—*Eh*, guapo, no tan rápido, que si quieres hacer de guardaespaldas, primero tendrás que pasar el casting.

—No sabía que fueran tantos los interesados —dijo él, rezumando vanidad por los cuatro costados. Los dos se miraron asombrados por sus respectivas reacciones y al fin llegó la risa, esa que ambos necesitaban tanto en aquel momento.

—¡Claro que sí! ¿A ver, con quién crees que estás hablando, chaval? Los interesados me crecen como champiñones —continuó Gillian. Estiró su mano en un intento vano de acariciarle la barbilla, pero él no estaba lo bastante cerca y se quedó a medio camino. Se conformó con tamborilear los dedos en el aire simulado una caricia—. Pero tranquilo, no te preocupes por la competencia… ¡a tu lado, todos son unos enclenques!

Aquellos ojitos pícaros se iluminaban bajo la alegría contagiosa de su sonrisa, pensó el *quarterback*. Su vanidad tuvo que reconocer que por más que alardeara sobre el tema, mitad en broma, mitad en serio, en aquel preciso momento y lugar solo había un ser único, excepcional. Y no era él. Jason tomó la mano que se movía graciosamente en el aire y la retuvo, pero pronto, por pura necesidad, le rodeó el cuello con un brazo y la atrajo hacia él. Continuaba de cuclillas junto a su amiga, que, a su vez, estaba sentada en la orilla, así que solo consiguió que recostara el hombro y la cabeza contra su pecho. Fue una especie de abrazo torpe e incómodo, pero a los dos les dio igual. Jason necesitaba hacerla sentir a salvo, se lo pedía el cuerpo. Gillian necesitaba saber que lo estaba, sentirse protegida. Reunir el valor necesario para enfrentarse a su destino.

—Todo irá bien, Pitufina —murmuró él con la vista fija en el río—. Todo irá bien.

Gillian cerró los ojos y dejó que aquella reconfortante sensación la envolviera por completo.

De pronto, pensó, no había dolor. Ni miedo. Ni siquiera una minúscula partícula de rencor.

De pronto, solo había paz.

◆◆◆◆◆

A pesar de aquel "estoy loco por ti" que le había acariciado la vanidad tanto como el corazón, y a pesar de los reiterados intentos del vikingo por acercar posiciones, Mandy no estaba dispuesta a ponérselo fácil. En realidad, todo lo contrario; quería dejarle claro que haberse rajado —a pesar de la razón "tan adulta" que le había dado— tenía un precio. Uno muy alto.

Sin saberlo, Jordan (y su escapada por la puerta de servicio) habían contribuido a cimentar la entonces incipiente fama de Mandy de "difícil", que con los años acabaría convirtiéndose en un rasgo de su personalidad. Era una adolescente acostumbrada a tener la atención de sus compañeros y Jordan, para peor alguien que a Mandy le encantaba, había sido el primero en mostrarse cauto. Una parte de ella se sentía muy halagada; la otra, en cambio, quería revancha.

Jordan llevaba más de un mes intentando verla a solas, sin éxito. De una u otra forma, alguien aparecía cinco minutos después de él y truncaba sus planes. A veces, tenía la sensación de que no era algo casual. Así que aquella tarde, Jordan echó el resto y en vez de esperarla en la calle, lo hizo en el hall de acceso de la academia donde Mandy tomaba clases de apoyo.

Era casi invierno y un día bastante desapacible. Para el vikingo, en cambio, parecía pleno verano en pleno Caribe. Desde que había puesto un pie en aquel lugar, había empezado a entrar en calor; sentía el sudor corriendo por su espalda. Era cuestión de tiempo que alguien lo reconociera, o, peor aún, que algún miembro del personal se acercara a preguntarle qué deseaba, y que mientras él intentaba salir del paso con alguna excusa, Mandy se escurriera cual gacela. Últimamente, a sus pies parecían crecerles alas en cuanto lo veían. Pero la desesperación de Jordan empezaba a alcanzar cotas alarmantes; para mal o para bien, necesitaba ver a Mandy. A solas.

En aquel momento, la pequeña de los Brady abandonó la clase acomodando sus libros en los brazos y al alzar la vista, sus ojos repararon en la figura esbelta y guapísima que estaba de pie en medio del hall. Durante un instante, permanecieron mirándose, y a pesar de su juventud, y en el caso de Mandy, de su inexperiencia en lides románticas, ambos tuvieron claro que aquella mirada traería cola.

Y así fue. Jordan avanzó hasta Mandy con decisión, la tomó suavemente por un codo y guió el camino hacia el corredor que salía a la derecha, y que entonces descubrió que conducía a la sala de materiales. Ninguno pronunció una palabra pero, interiormente, los dos rogaban lo mismo; que la puerta hacia la que se dirigían estuviera abierta, y que dentro no hubiera nadie.

Sus ruegos fueron oídos. Mandy entró primero, seguida de Jordan que cerró la puerta tras de sí y ni siquiera intentó encender la luz. Los haces de luz, que se escurrían a través de las persianas, ofrecían suficiente claridad y bastante intimidad. A continuación, hizo que ella se recostara contra la pared, junto a la puerta, y avanzó otro paso, obligándola a elevar el mentón. A esa distancia, Mandy le parecía incluso más hermosa, más deseable.

—Las cosas que haces para que no nos vean juntos... —murmuró ella, mirándole la boca con descaro. Jordan intentó besarla, pero Mandy apartó el rostro, juguetona. O más o menos. En realidad, deseaba sus besos tanto como hacerlo sufrir.

Jordan la miró a los ojos.

—Las cosas que hago para verte a solas, querrás decir —matizó—. A veces, tengo la sensación...

No completó la frase. No había venido a hablar. Por lo menos, no de partida y no de ese tema. Mandy ladeó la cabeza y lo miró interesada. No había esperado encontrarlo allí, menos aún que prácticamente la metiera en el último rincón de la academia para seducirla sin testigos, pero, desde luego, si creía que iba a salirse con la suya así como así, estaba equivocado de cabo a rabo.

—¿Que lo hago a propósito? —retrucó ella, desafiante.

Jordan permaneció en silencio, pero el brillo demencial de sus ojos se ocuparon de comunicarle a Mandy dos cosas; a) que sí, eso era exactamente lo que el vikingo pensaba y b) que no le gustaba ni un pelo.

—Un poco sí —admitió ella, con un punto de humor—. Puede que sea una cría para ti. Y puede que creas que conmigo harás lo que te de la gana igual que haces con *toooodo* tu harén... Pero, verás, Jordan... Conmigo las cosas no funcionan así. A mí me toca quien yo quiero, cuando yo quiero —volvió a mirarlo a los ojos, desafiante—. Y ahora no quiero.

Con una velocidad de reflejos que lo dejó perplejo, Mandy salió de su radio directo de acción.

—Vuelve a intentarlo el día que deje de preocuparte que nos vean juntos —añadió, y con esas manoteó el pomo de la puerta.

Pero esta vez, el rápido de reflejos fue Jordan, que apoyó la mano sobre la puerta, manteniéndola cerrada.

Los ojos airados de Mandy regresaron a él.

—Abre esa puerta ahora mismo —exigió.

—No.

Ella respiró hondo. Su rostro ya había empezado a enrojecer de rabia cuando abrió la boca con la intención de ponerlo verde. Entonces, Jordan se lo impidió por el expeditivo método de cerrársela con un beso. Su lengua se internó en la boca femenina, expresando todo el deseo que llevaba meses albergando en su ser, toda la locura y todo el amor que ella le inspiraba, aunque los dos fueran aún demasiado jóvenes para comprender la magnitud de los sentimientos que experimentaban el uno por el otro.

Él volvió a empujarla suavemente contra la pared, sin abandonar su boca, y cuando sintió que ella le devolvía los besos con la misma pasión, el contacto empezó a subir de intensidad. La cercaba con su propio cuerpo, sin pasarse, lo bastante para mantenerla allí y seguir controlando el momento. Sus manos no la tocaban, apenas la sostenían por los codos, y vive Dios, que se moría por hacerlo.

Y ella por que él lo hiciera.

—Espero que ahora quieras que te toque —susurró Jordan entre beso y beso, con un punto inocultable de desesperación en su voz—, porque ya me has convertido en un adicto a ti, a cómo sabes, a cómo hueles… *Diossss*, esto es una locura, bombón…

Mandy se estremeció entera al oírlo. ¿Bombón? Uf, ¿sonaba así de dulce o era ella, que a punto de derretirse de amor, todo lo que provenía de él le sabía a miel? Sin embargo, con el último ápice de cordura que le quedaba, volvió a resistirse. O, al menos, a intentarlo.

—¿"Adicto a mí", en serio? Eso voy a querer verlo —espetó ella, apartando el rostro.

El joven apoyó una mano contra la pared, junto a la cabeza de Mandy que la miró de reojo, pensando que el vikingo seguía estrechando el cerco a base de bien, y en cuánto le gustaba que lo hiciera.

—¿Crees que no me moría por quedarme contigo en aquel rincón de la biblioteca? —murmuró él. Mandy le echó una mirada recelosa y él volvió a intentar ablandarla, obsequiándole un beso en la punta de la nariz seguido de una sonrisa, de esas que aceleraban el calentamiento global—. Me muero por besarte desde que volvimos a vernos. Y cada día que ha pasado desde entonces, ha sido un suplicio —se inclinó hacia ella, buscando su mirada, a un suspiro de sus labios—. No podía dejar que Jason nos pillara, preciosa. Habría sido empezar con mal pie, y en casa ya te celan bastante. Pero te juro que esto va en serio…

Las manos de Jordan se posaron, al fin, sobre el talle femenino y ascendieron despacio hasta su cuello, dejándola literalmente sin aire. Embriagada por aquella tormenta de sensaciones que la agitaban sin tregua; las mariposas habían regresado, habían sitiado su corazón y desde allí, se lanzaban al vacío en picado. Conmocionada por la incontestable dulzura que seguía irradiando, todo él, en un momento en que otros solo se mostraban calientes. Admirada, halagada y… Dios, locamente enamorada de él.

Mandy inspiró profundamente, a punto de ahogarse. Lo miró con los ojos llenos de estrellas.

—Muy, muy en serio —añadió él en un susurro.

Fue un instante después, cuando los labios de Jordan volvieron a rodear los de Mandy y su lengua se adueñó de su boca, que los dos se entregaron completamente a aquel contacto sensual, y todo cuanto los rodeaba desapareció como por encanto.

6

Gillian volvió a mirar su reloj por enésima vez. Empezaba a estar de los nervios.

Mandy y Jordan se escondían en cualquier rincón para prodigarse arrumacos, quedaban en los lugares más insólitos para escapar aunque fuera dos minutos de la supervisión paterna o materna. La locura del primer deslumbramiento crecía imparable entre el vikingo y su amiga, y Gillian, que estaba al tanto del tema desde el primer momento, sabía que era cuestión de tiempo que los sorprendieran… y se armara una buena. Jason no vería con buenos ojos que su mejor amigo se hubiera enredado con su hermana, y el *quarterback* no se caracterizaba, precisamente, por ser muy dado al diálogo para arreglar según qué diferencias. De hecho, sus pocas y malísimas pulgas constituían la única mancha en un expediente académico que siempre había sido brillante. En otra palabras; si se enteraba, convertiría a su amigo en picadillo para hamburguesas.

Por no mentar a John Brady. Cada vez estrechaba más su vigilancia, poniéndole a Gillian cada vez más difícil cubrirle las espaldas a su amiga. Al menos, pensó mientras esperaba al padre de Mandy, sentada en las escaleras de la academia, —en realidad, haciendo de primera barrera mientras su amiga se *morreaba* con su vikingo en la sala de materiales—, eso le daba algo en que entretener la mente, y no pensar en sus propios asuntos. O en su primera regla que, como por lo visto era ya habitual en su vida, llegaba tarde y mal. Llevaba una semana doblada de dolor, hinchada como si fuera una pelota de playa y con un bajón emocional que no había quién lo arreglara. Despertaba llorando todas las mañanas y se pasaba el resto del día con la sonrisa de payaso cementada a la cara, rogando que nadie se diera cuenta de lo mal que lo estaba pasando. Por "nadie" quería decir "Jason". Los demás lo intuían y procuraban animarla sin hacerle preguntas. Jason, que en estas lides se parecía más a su doble memo, la escrutaba con el ceño fruncido. Como si hubiera algo que no acabara de cuadrarle en el conjunto, pero no supiera qué. Aquella misma mañana le había saludado el día con un "estás ojerosa, ¿qué pasa?".

Lo peor era que hasta su primera menstruación era mejor tema al que dedicar sus pensamientos, que su madre y su inesperada reclamación de la custodia. Los informes de rehabilitación eran buenos; milagrosamente seguía viva y limpia de adicciones. Había cambiado su trabajo esporádico por otro de más horas y más paga, algo que, según la señora Rutherford, el juez había tomado como una "favorable declaración de intenciones; un mejor salario le permitiría atender las necesidades familiares con mayor holgura".

Gillian exhaló un suspiro. Debería alegrarse por su madre, porque hubiera conseguido salir adelante. Eso es lo que haría cualquier buena persona en su lugar. Y no era que no se alegrara por ella… Se alegraba, sí. Pero se habría alegrado mucho más si la hubiera dejado seguir con su vida junto a los Brady. Dios… En el fondo de su corazón, no deseaba volver junto a ella. Eso la hacía sentir la peor persona del mundo.

Sacudió la cabeza en un intento de apartar aquellos pensamientos de su mente y fue entonces cuando vio la familiar figura que se acercaba.

Mierda, pensó. *¿Qué haces aquí, Jason?*

De puro nervio, se puso de pie y se acercó a su amigo.

—¿No tienes entrenamiento, hoy? —le preguntó Gillian, por decir algo.

Él se miró de manera ostensible. Además de que entrenaba todos los benditos días de Dios, algo que su amiga sabía de sobra, vestía el equipo de deporte.

—*Nah*, no te guíes por la ropa. Voy así porque a las chicas os gusta… —dijo en plan de guasa total y se inclinó hacia ella, escrutándola—. Estás muy rara, que lo sepas.

Gillian le cubrió el rostro con una mano, cariñosamente, y lo apartó de ella, de forma deliberada.

—Anda, que si yo estoy rara, tú estás memo —replicó, y se volvió con disimulo a ver si Mandy se dignaba a salir de una vez. Ni rastro de ella. ¿Tendría que ir a buscarla y traerla de una oreja?

Jason enarcó una ceja haciendo que su amiga riera divertida ante aquella burda imitación de Mark.

—Pulvericé los récords estatales —se refería a las pruebas de aptitud—, así que Jason Brady y memo no pueden ser sinónimos, enana. Ni siquiera compañeros de frase. Para que conste, te conozco muy bien. Y aunque no vayas a decírmelo, ¿será secreto de estado, tal vez?, estás rara. Es un hecho.

Gillian puso los ojos en blanco. Volvió a mirar con disimulo la entrada de la academia, en la cima de las escaleras.

—Estás rara —repitió Jason, haciéndole comprender que su disimulo no había sido suficiente—. ¿Algún Romeo en tu horizonte?

¿Un Romeo? Lo único que le faltaba para completar su patético cuadro era "enamorarse" de un chico y añadir otra razón para estar triste cuando tuviera que marcharse.

—Habrás pulverizado los récords, guapo, pero ¡menudas tonterías dices! Qué Romeo ni ocho cuartos —en aquel momento vio la camioneta de John Brady doblando la esquina y supo que era hora de salir corriendo a por Mandy antes de que las cosas se complicaran.

Sin pensárselo dos veces, echó a correr escaleras arriba ante la mirada asombrada de su amigo.

—¡Eh, ¿qué pasa?! —exclamó Jason.

Gillian lo miró por encima del hombro.

—Tranquilo, no tardo. Cosas de mi rareza, ya sabes…

El *quarterback* permaneció en silencio un instante, cuadrando lo que acababa de oír y cuando lo hizo, también soltó una carcajada.

—Ah, era eso… Oye, ¿qué se dice en estos casos? ¿Enhorabuena?

Gillian soltó una risita irónica. Tal y como pintaban sus primeros dolores menstruales, "mi más sentido pésame" le parecía mucho más adecuado, pero no había tiempo que perder. Tenía que avisarle a Mandy que su padre y su hermano estaban a punto de pillarla *in fraganti*.

◆◆◆◆◆

Dentro de la sala de materiales hasta las paredes estaban en llamas. Mandy y Jordan llevaban días saboreándose, y aquella tarde, por primera vez, las caricias habían sobrepasado los límites de seguridad; por encima de la cintura de Mandy…

Y por debajo de la hebilla del pantalón de Jordan.

Estaban excitados, locos por continuar la exploración, y cada vez más enredados en caricias ardientes que ponían la situación al límite.

—Quedemos, bombón. En un lugar bien romántico… —buscó su mirada, ardiendo de deseo—, y hagamos el amor… Dios, estoy tan enamorado de ti… —le recorrió el contorno de los labios, dejando un reguero de besos húmedos, haciendo que Mandy temblara de la cabeza a los pies—. Dime que sí, bombón, por favor.

—Vas a tener que rogarme y suplicarme, guapo. Para arrancarme un sí, vas a tener que esmerarte muchísimo…

—¿Más todavía? *Diossss, Mandy…* Mira cómo me tienes —su mano ardiente rodeó la de Mandy y la apoyó contra su propio miembro en plena erección. Guió las caricias primero con suavidad y cierta cautela, esperando a ver la reacción femenina, y en cuanto estuvo seguro de que podía continuar, lo hizo sin medias tintas.

Mandy se regodeó en las sensaciones que la evidente excitación de Jordan le provocaban. Se regodeó en aquel miembro duro y palpitante, que parecía a punto de hacer estallar las costuras del pantalón de Jordan, y que ella deseaba sentir dentro de su cuerpo. No era la primera vez que tenía la ocasión de comprobar cómo era la excitación masculina. Había provocado esos mismos efectos en varias ocasiones con anterioridad. Pero nunca había ido más lejos, y desde luego, nunca había llegado hasta el final con ninguno porque ningún chico le había interesado lo bastante.

Jordan sí. Aún así, sería su primera vez y quería estar segura de que la elección era la correcta.

—¿Y después qué?

—Después, más. —Jordan se coló en la boca de Mandy, robándole besos cada vez más incendiarios mientras se insinuaba, empujando sus caderas contra las caderas femeninas, loco por aliviarse.

Ella se estremeció. El fuego que emanaba de aquel miembro erecto, la llamaba como el canto de las sirenas. La quemaba entera. De deseo. De curiosidad.

De ansia.

Jordan hacía que se muriera de ganas de sentir cómo él se enterraba en sus entrañas, de saber qué se sentía, sabiendo que sería un éxtasis. Pero además, no solo la quería allí… Se moría por lamerla, por averiguar cómo sabía… Dios, aquel vikingo hacía que se le fuera la cabeza de mala manera.

En su inexperta juventud, Mandy se preguntó si todo aquello era normal, y un instante después, decidió que por qué no iba a serlo.

Aún así, sería su primera vez. Los principios eran importantes, y esta clase de principios más todavía, estaba segura de ello.

—¿De verdad, vas hacértelo con la hermana de tu mejor amigo? —lo desafió y mordisquéo la lengua que le perfilaba los labios. Y luego, volvió a desafiarlo—. Yo creo que solo intentas averiguar si podrías llevarme al huerto —su mano frotó el miembro que se insinuaba contra su vientre, anidó sus testículos en la mano y los apretó, igual que lo había visto en las películas—. ¿Pero hacerlo, de verdad? Sabiendo que mi hermano te arrancaría la cabeza si se entera, lo dudo. Lo dudo mucho.

El problema de acariciarlo, de intentar llevar a la práctica lo que había visto en algunas películas, a escondidas de sus padres, era que la realidad superaba con creces la ficción. Ver aquellas escenas la había excitado, pero protagonizarlas con Jordan la ponían a mil. Él despertaba todos sus sentidos, todos sus deseos, todas sus necesidades. Las que sentía hacía meses, y las nuevas, que descubría ahora y que sólo él la hacía sentir.

Cuando lo vio cerrar los ojos, el rostro bañado de placer al tiempo que guiaba los movimientos de su mano, Mandy se sintió poderosa. Una diosa.

—No lo dudes —dijo Jordan en un susurro entrecortado. Apartó aquella mano enloquecedora de sus vaqueros antes de que fuera demasiado tarde, y se fundió en un abrazo con la chica de sus sueños—. Estoy loco por ti, Mandy. Te adoro… Y todo lo demás me da exactamente igual.

Ella exhaló un suspiro. En parte, una especie de lamento porque él había puesto a buen recaudo aquella parte subyugante de su anatomía. En parte, porque se sentía a punto de explotar. Por un instante, quiso creer que era cierto, que él la adoraba y que el futuro les pertenecía. Pensarlo la hizo feliz.

Pero en aquel momento, cuando las manos de Mandy volvían a explorar el cuerpo masculino, intentando bajarle la cremallera del vaquero, y las de Jordan se habían colado debajo del jersey, poniéndolo todo en pie de guerra.

Cuando los pezones de Mandy dolían de deseo bajo las expertas caricias de Jordan…

Cuando la mano femenina, un poco jugando y otro poco insinuándose, empezaba a internarse debajo de la cintura del calzoncillo…

Gillian abrió la puerta. Sin asomarse dijo:

—Mandy, tu hermano y tu padre están en la calle. Vámonos —y se marchó sin esperar respuesta. Tenía que regresar junto a ellos e intentar capear el temporal hasta que su querida amiga hiciera acto de presencia.

La pareja se quedó inmóvil, con el corazón latiendo a destajo y la respiración jadeante. Intentando recuperarse, volver a situarse en la realidad. Soltaron un suspiro los dos al mismo tiempo. Se miraron con cara de resignación y deseo en los ojos.

Jordan lo intentó por última vez aquella tarde.

—Dime que sí, por favor, bombón.

Y el muro, al fin, cedió.

Ella esbozó una sonrisa que él encontró tremendamente tentadora, además de dulce como la miel.

—Sí —respondió.

Jordan apretó los párpados y alzó un brazo en señal de victoria, pero Mandy no se quedó a verlo.

Tenía que regresar urgentemente junto a Gillian.

◆◆◆◆◆

El estado de su amiga era como en las películas; torpe, olvidadiza y abstraída en sus propios pensamientos. Mandy estaba de los nervios desde que con Jordan habían acordado su primera cita romántica. Hacía una semana que tenía tal nivel de ansiedad que no podía estarse quieta, ni hablar de concentrarse. Lo malo era que la famosa cita, que tendría lugar aquella misma tarde, en la vieja cabaña que los Brady habían construido en la rivera, era 'top secret'. Nadie debía saberlo, especialmente los hombres de la familia. Pero a Gillian le daba la risa cada vez que la veía con esa expresión embobada, no podía evitarlo. Menos mal que aquel calvario estaba a punto de acabar, pensó y al mirar a su amiga y verla sonriéndole al libro de matemáticas, volvió a soltar una carcajada.

—Ja, ja, ja —se mofó Mandy, toda colorada—. El que ríe último… Ya sabes cómo sigue, ¿no?

Las dos amigas hacían las tareas del colegio en la cocina mientras esperaban que Jason acabara de ducharse tras el entrenamiento. Gillian lo había convencido para que la acompañara a una conferencia, pero el plan, en realidad, era mantenerlo alejado del rancho Brady y de su amigo Jordan aquella tarde.

—¿Reírte de qué? ¿De que algún día se me dé por pedirte prestada la cara de zopenca enamorada? —festejó Gillian con otra andanada de carcajadas—. Gracias, pero no.

Mandy le echó una mirada irónica. A ver si la "Pitufina" creía que nadie se daba cuenta de lo que se cocía entre ella y el Gran Pitufo.

—Oye, guapa, que no se haya fabricado un medidor de sonrisas todavía, no quiere decir que no puedan medirse y ¿sabes qué? Cuando aparece mi hermano la cosa se dispara —otra mirada irónica—. Con o sin medidor, se nota muchísimo.

Gillian continuó recogiendo sus útiles escolares sin perder la sonrisa. No pensaba darse por aludida y seguirle el juego a su amiga. Además, ya había oído aquello varias veces.

—No me lo tomes a mal, Mandy. Me encanta verte así. De veras que sí —le dijo con una dulzura en la que su amiga consiguió detectar ese punto de picardía que rebelaba sus verdaderas intenciones.

—¿Quieres decir así de zopenca? —precisó, y las dos echaron a reír.

En aquel momento, Jason entró en la cocina y las miradas de las dos jóvenes se concentraron en él. Venía de punta en blanco con sus vaqueros negros, un jersey a juego que realzaba su tez clara (además de sus músculos), sus botas tejanas color carne, y recién afeitado. Mandy le dio la enhorabuena con un sonoro silbido. Gillian fue un poco menos expresiva.

—Chico, ¿te has enterado de que vamos a un encuentro de ecologistas? —Normalmente, no le hacía falta gran cosa para llamar la atención y con la cuidada apariencia de hoy, conseguiría que nadie le hiciera ni puñetero caso al acuciante asunto del deshielo del Ártico.

—¡Pobres ballenas! —terció Mandy, burlándose de su amiga y sus ideas verdes.

El *quarterback* dio una vuelta sobre sí mismo, luciendo su portentosa osamenta de XXL.

—Y lo que las voy a entretener, ¿qué? —dijo Jason tomándole el pelo—. Volverás con veinte amigas nuevas, interesadísimas por venir a estudiar a casa contigo, así que no te quejes…

Gillian meneó la cabeza y pasó junto a su amigo en dirección a la puerta.

—Te gusta alardear más que los plátanos a un mono, chaval. Eres increíble… ¡Menudo fanfarrón! Anda, Capitán América, vámonos que no quiero llegar tarde… —y volviéndose hacia su amiga, añadió tras guiñarle un ojo—. ¿Te ocupas tú de llevar mis libros a la habitación cuando subas?

Mandy le siguió la broma en parte porque estaba nerviosa y en parte para que Jason no se diera cuenta.

—¿Cómo? ¿Todavía no les has enseñado a subir solos?

Pero no obtuvo ninguna respuesta. La pareja, como era habitual, se había sumergido en una de sus competiciones habituales, que en este caso era "el último que llega al garaje, paga las consumiciones", y ya corrían por el jardín.

A Mandy no le gustaba tener que mentirle a sus padres, pero en aquella ocasión había sido inevitable. De modo que mientras los dos creían que su niña había hecho una pausa en sus estudios, yendo a dar uno de sus habituales paseos por el rancho para "airearse", ella se dirigía a su cita con Jordan. Una que sería breve de necesidad, pero esperaba que muy, muy romántica.

Diez grados más helada que la temperatura ambiente debido a los nervios, Mandy se dirigía al río por un camino que habían abierto los mismos habitantes de la casa a fuerza de pasar una y otra vez por allí. Atravesaba el bosque —así lo llamaban—, que en realidad no era tal, sino un paraje agreste en los aledaños de la casa familiar que el matrimonio Brady había querido conservar en su estado natural. Conducía a la rivera del río Ouachita que lindaba con el Rancho Brady, donde la familia había construido una pequeña cabaña que frecuentaban casi todos los fines de semana cuando los niños de la casa eran pequeños, y que ahora, que eran adolescentes con sus propios planes de ocio, empezaba a acumular telarañas.

Mandy notó que los latidos de su corazón se aceleraron cuando la cabaña apareció en su campo visual. Lo cual no impidió que se sintiera como si estuviera a punto de convertirse en una estalactita de tan helada. En parte, le agradaba la idea de que un chico le importara tanto como para provocar semejante descalabro en sus emociones, pero por otra parte… La idea de que ese chico fuera Jordan no le gustaba nada. Nada de nada. Jordan no era "manejable" como los demás, con él no sabía qué esperar, y eso no le gustaba. En realidad, pensó, eso era lo único que no le gustaba del vikingo. Y no pudo evitar que una sonrisa ilusionada le iluminara el rostro. Continuó avanzando entre la maleza y al fin, se detuvo frente a la vieja construcción de madera.

Exhaló un suspiro, cargado de nervios y de ansiedad, y extendió el brazo. Abrió la puerta despacio, sintiendo como si el corazón estuviera a punto de salírsele del pecho. Miró alrededor y una punzada de desilusión atravesó su mente al darse cuenta de que el lugar estaba desierto.

No obstante, fue un pensamiento fugaz. Al consultar su reloj, comprobó con alivio, que el nerviosismo le había puesto alas a sus pies; había llegado con diez minutos de adelanto.

◆◆◆◆◆

Jason, sin duda, acaparaba atención, pero no era el único Brady que lo hacía. Gillian contemplaba risueña lo mal que el *quarterback* toleraba el interés que suscitaba su hermano mayor entre ponentes y asistentes a la conferencia. Lo escuchaban con una atención casi reverencial e incluso lo animaban a manifestar su opinión sobre los diversos temas. Estaba claro que en un entorno de jóvenes innovadores, amantes de la naturaleza, Mark ganaba por goleada porque además de sus innegables atributos físicos, todos en Camden sabían que sería el sucesor de su padre en la gestión del rancho, el legendario John Brady.

En el cuadro que controlaba Gillian, sin embargo, había un error conceptual que demoraría años en descubrir. Jason era una persona muy competitiva y de haber podido escoger, sin duda, habría preferido ser el centro indiscutible de atención en aquella reunión verde que se celebraba en el salón de actos del instituto. Lo que no le gustaba era quedar en segundo lugar en presencia de Gillian. Delante de ella quería ser el primero. Siempre el mejor. Y ya no hablar de que en este caso, el primero fuera su propio hermano. Aunque se esforzaba por disimularlo, y lo conseguía con bastante éxito, era eso lo que lo reconcomía por dentro.

Ahora, en la cafetería atestada de estudiantes, y mientras esperaban su turno para pedir, no paraban de picarse mutuamente.

—Espera, déjame a mí, que tus encantadores rulos no cuentan aquí. Aquí hay que poner el cuerpo —le dijo el *quarterback* a su hermano, haciéndole un guiño a Gillian que empezó a desternillarse de risa—. Y tú no tienes de eso.

La barra estaba hasta arriba, y tras ella, un grupo de estudiantes reconvertidas en camareras, corrían de un lado a otro, sirviendo pedidos.

—Tranquilo, tío —replicó Mark, tan sobrado como Jason, y alzó un brazo para llamar la atención de una de las jóvenes camareras que le obsequió con una sonrisa—. Tú no te preocupes que esto está hecho.

—¡Mark! —exclamó la chica—. ¿Has venido a verme?

—En realidad, no —intervino Jason con malicia—. Está muerto de sed y no hay otro bar abierto en todo el complejo. Soy Jason, su hermano, ¿y tú, estudias aquí? ¿En serio? ¿Cómo es que no te había visto antes?

Mark meneó la cabeza, alucinando con el descaro de Jason, y Gillian se preparó para contemplar otra interacción de los hermanos Brady.

Aquel coqueteo descarado del *quarterback* acabó como muchos otros que había presenciado; con los hermanos picándose en broma —y reconociéndose mutuamente que esa era la verdadera razón de que lo hicieran, ya que ninguno tenía el menor interés en la camarera—, y haciendo que Gillian se tronchara de risa, y que los tres, en suma, compartieran otro momento distendido. Otro momento entrañable, de esos que Gillian solo había conocido con los Brady, y que atesoraría siempre en sus recuerdos.

De esos que la hacían desear tan intensamente que el tiempo se detuviera y jamás llegara el día en que tuviera que dejarlos.

Pero nadie puede detener el paso del tiempo, y ese temido momento llegó.

Gillian se despidió de cada miembro de la familia con un abrazo afectuoso pero lo bastante breve como para no incitar a las lágrimas, que era consciente, todos se esforzaban por contener. Mandy llevaba dos días echándose a llorar a cada rato y el resto del tiempo que pasaban juntas, cuando no lloraba, la achuchaba una y otra vez. Mark intentaba sobrellevarlo, pero desde hacía semanas, le había cambiado el humor. Así que el matrimonio no solo estaba haciendo frente a su propia tristeza, sino a la preocupación por cómo estaba afectando a sus hijos, y en particular, a Jason. Estaba siendo muy duro para todos, y Gillian se sentía un poco culpable por eso. Quería compensarlos. Necesitaba hacerlo, porque era consciente del dolor que les estaba provocando y quería evitarlo por todos los medios.

Fue eso lo que la llevó a esbozar una sonrisa inmensa cuando se detuvo frente a Eileen. Habría sabido que la mujer se debatía entre las lágrimas y la contención aunque hubiera llevado una venda, pero al ver aquellos preciosos ojos del color del cielo, tuvo claro que la tristeza la estaba doblegando.

Eileen posó una mano sobre el rostro de Gillian y sus ojos recorrieron su rostro como intentando aprenderlo de memoria. Ella apretó cariñosamente la mano que le acariciaba la mejilla, y toda la fuerza de su joven corazón se concentró en la única palabra que pronunció.

—Volveré —le dijo con tal convicción y tal serenidad que Eileen asintió varias veces con la cabeza.

Una sola palabra y su siempre presente sonrisa habían bastado para cambiar el tono de un momento que Jason llevaba meses temiendo tanto como su amiga. Una palabra y un gesto que habían actuado como un bálsamo, aquietando la frustración y la impotencia ante lo que todos tenían por una injusticia y contra la que no podían hacer absolutamente nada. Devolviéndoles la serenidad.

Acto seguido, y como no quería alargar el momento, se agachó a tomar la mochila que estaba junto a la escalera del porche que conducía al jardín. El resto de su equipaje estaba ya en el vehículo de la asistente social quien esperaba, respetuosamente, junto a la verja.

Pero Jason se lo impidió.

—Yo me ocupo. —Tras tomar la mochila, se la puso en el hombro.

Los dos jóvenes permanecieron mirándose en silencio. Gillian sabía positivamente que no lograría impedir que él "le viera la cara" a su madre. Una parte de ella detestaba tener que pasar por eso, seguía resistiéndose a la idea de que algún miembro de aquella familia conociera el lado más oscuro de su vida. Y mucho más aún se resistía a que alguien tan perfecto, tan increíble como Jason lo conociera; lo que había entre los dos era luminoso, radiante… No quería mostrarle su oscuridad. No quería que sufriera por ella. Pero la otra parte, la que se sentía pequeña y vulnerable, la que necesitaba todo el apoyo del mundo para pasar por aquel trago amargo… *Esa* Gillian daba las gracias una y mil veces por que la vida hubiera puesto en su camino a alguien que la conocía y la quería tanto.

—Pues qué bien —dijo con una sonrisa risueña, tomándolo de un brazo al tiempo que les hacía un guiño a los demás, que como siempre los contemplaban divertidos—. ¡Menudo revuelo voy a causar en el barrio si me aparezco contigo!

Pero él no se movió del sitio, continuó mirándola. Gillian se puso a hacerle muecas graciosas con la cara. No quería más emociones de ninguna clase.

Al fin, Jason se agachó y depositó un beso sobre su coronilla.

Qué grade eres, Pitufina, pensó.

Aquella tarde, la admiración de Jason por su amiga del alma atravesó la estratosfera, y emprendió una escalada sin retorno hacia el infinito.

◆◆◆◆◆

Nada podría evitar que Jason se saliera con la suya, de modo que cuando Gillian vio que la señora Rutherford le indicaba a su amigo con un gesto que permaneciera en el vehículo, intervino.

—Ha venido hasta aquí y no va a quedarse en el coche. Quiere conocer a mi madre.

—Va contra las normas —respondió la mujer.

Gillian exhaló un suspiro. Ya tenía bastante con lo que se le vendría encima, compartiendo casa con su madre veinticuatro horas al día siete días a la semana. No deseaba que Jason y ella se vieran las caras, y sabía que la trabajadora social hacía su trabajo, pero necesitaba acabar con aquello de una vez. Pasar el mal trago y seguir adelante.

—Haga la vista gorda —le rogó—. *Por favor.*

Jason que no tenía la menor intención de mantenerse al margen, cerró la puerta de la furgoneta y se dirigió con paso seguro hacia las mujeres. Vio que la asistente social le obsequiaba una mirada de disgusto, pero le dio igual.

—Antes de hacer o decir algo, piensa en tu amiga. Tú te irás, pero ella tendrá que seguir aquí.

Jason miró brevemente a Gillian. Estaba pálida, nerviosa y preocupada. Aunque mantuviera el tipo, aunque por fuera pareciera entera, él la conocía muy bien. Sus ojos regresaron a la asistente social y el *quarterback* asintió.

Blanche Rutherford se disponía a tocar el timbre cuando la puerta se abrió y una mujer bastante más ajada de lo que Jason se había imaginado apareció ante ellos. Era menuda como Gillian, pero sus ojos eran oscuros y apagados, y su rostro estaba surcado de profundas arrugas. Sabía por su amiga que era joven, aún no había cumplido los treinta y cuatro, pero parecía tener el doble. La rabia que llevaba tres años albergando por ella en su corazón se convirtió ipso facto en una profunda lástima. Su vida se apagaba de forma irreversible.

—¡Hola, cariño! —dijo la mujer extendiendo los brazos hacia Gillian—. Mírate, qué guapa estás…

Gillian luchó desesperadamente con esa otra parte de sí misma que renegaba de su destino, de tener que volver junto a una mujer que le seguía pareciendo una extraña a pesar de los lazos de sangre. Quería alegrarse por ella, por volver a estar juntas. Quería quererla. Apretó los párpados cuando se fundió en un abrazo con su progenitora.

—Hola, mamá… —fue todo lo que pudo responder, y hacerlo le costó un triunfo.

Los ojos de la mujer repararon con cierto recelo en la figura masculina de gran envergadura que estaba junto a la asistente social. Jason no apartó la mirada.

En previsión de males mayores, Blanche Rutherford intervino al instante.

—¿Podemos hablar un momento, señora McNeil? Dejemos que Gillian se despida de su amigo mientras le comento unos temas.

—Él es… —empezó a explicar Gillian, a modo de presentación, pero para disgusto de la asistenta social, que le echó una mirada fulminante, su amigo tomó la palabra.

—Soy Jason Brady —dijo él. A continuación extrajo una tarjeta de visita del bolsillo trasero de sus vaqueros, y se la ofreció a la mujer—, y éstas son las señas de mi familia. Dirección y teléfono. Si necesita cualquier cosa, cualquiera —enfatizó—, por favor, llámenos.

La mirada afectuosa, llena de cariño y agradecimiento, que le regaló su amiga del alma, pasó casi inadvertida por la intervención fulminante de la asistenta social.

—Si la señora McNeil necesita algo se pondrá en contacto conmigo, Jason —apartó de ella la mano que portaba la tarjeta—. Hay normas. Por favor, vuelve a la furgoneta.

Como si no la hubiera escuchado, Jason volvió a ofrecerle la tarjeta a la madre de Gillian, que esta vez la tomó. Su voz sonó imperativa cuando habló.

—Cójala —le dijo, mirándola fijamente—. Y úsela.

El rostro de la asistente social, un rostro que Gillian conocía amable, se tensó en extremo.

—Hablaré con tus padres sobre esto, Jason —le advirtió Blanche Rutherford y con un gesto nervioso, instó a la madre de Gillian a entrar en la vivienda.

La mirada del *quarterback* lo dijo todo sin pronunciar una sola palabra: su padre estaba al tanto, y su madre, y sus hermanos. Todos lo sabían y habían estado de acuerdo en ofrecerle ayuda a la mujer. Les preocupaba Gillian, y harían lo que fuera necesario para asegurar su bienestar.

Tan pronto las dos mujeres desaparecieron de su vista, Gillian se acercó a Jason.

—Eh… Estaremos bien, no te preocupes —pero al ver que él continuaba mirándola sin decir nada, añadió—: Ahora es distinto. Ya tengo los dieciséis, así que puedo trabajar medio día. Con dos sueldos en la casa, no nos faltará de nada.

Precisamente. Esa era otra del millón de cosas que a Jason le preocupaba; que la única que se partiera la espalda para poner comida en la mesa fuera ella. Que acabara dejando los estudios para ocuparse de su madre. Que volviera a pasar por momentos terribles, que sabía a ciencia cierta que habían poblado su infancia aunque ella nunca hablara de ello. Que sufriera, que se sintiera sola y que gracias a los kilómetros que ahora los separaban, él no se enterara. O se enterara demasiado tarde.

Que nunca volvieran a estar juntos… Ese pensamiento le resultaba insoportable.

—Cuando quieras darte cuenta me tendréis otra vez en el rancho. Dos años pasan volando… Dos años sin las amenazas veladas de tus admiradoras ni sus miradas como cuchillos clavadas en mi nuca… ¡me va a parecer increíble!

—Como si no te gustara… —dijo él, destilando vanidad.

—Como si pudiera hacer algo al respecto… —replicó ella elevando sus ojos al cielo, en un fingido ruego a Dios.

—Te envidian y te encanta —sentenció él, sonriendo al recordar los comentarios insidiosos que algunas de sus "admiradoras" hacían sobre ella—, pero es cierto; tampoco puedes hacer nada al respecto.

Las risas compartidas actuaron como un bálsamo, devolviéndolos a aquel universo divertido e íntimo que solo les pertenecía a ellos.

—Es hora de que te vayas —sugirió Gillian con suavidad—. Tengo que entrar… y tú tienes un tirón hasta el rancho.

Jason asintió varias veces con la cabeza. Inspiró profundamente en un intento de volver a hinchar el pecho que, de pronto, dolía como si un yunque de cien kilos lo oprimiera, impidiéndole respirar.

Además, se sentía muy raro. Quería quedarse, pero una parte de él sabía que lo mejor era marcharse. Quería abrazarla, y al mismo tiempo, temía hacerlo. Para ser alguien que se jactaba de saber exactamente lo que quería e ir a por ello, sus sensaciones resultaban de lo más confusas. Volvió a respirar hondo y al fin, extendió la mano hacia el rostro femenino, dejando que los dedos apenas le rozaran la punta de la nariz, a modo de despedida.

Gillian permaneció donde estaba, junto a la puerta de la que ahora era su casa, mirando cómo la furgoneta de su amigo empezaba a alejarse, sin atreverse a pensar en cómo se sentía. Sin saber qué hacer. Debía ser fuerte, entrar en la casa, asumir el nuevo giro que había dado su vida… Pero, de pronto, sentía un miedo atroz y unas ganas desesperadas de echar a correr.

En aquel momento, los faros traseros se encendieron. El vehículo se detuvo y su ocupante descendió. El corazón de Gillian empezó a martillear con fuerza al ver que él corría hacia ella.

Cuando llegó junto a Gillian, Jason la levantó en el aire a tres palmos del suelo y sin mediar palabra, se fundió con ella en un abrazo. La estrechó fuerte, fuerte, y durante un rato permanecieron en silencio mientras todo, lentamente, volvía a su ser. Ninguno fue realmente consciente de cómo sucedió, pero cuando los pies femeninos volvieron a pisar tierra firme después de que él la liberara de su abrazo, el valor había regresado a Gillian y la opresión del pecho de Jason se había evaporado.

—Mi madre ha conseguido arrancarle tu nuevo teléfono a la señora Rutherford y tú tienes el nuestro. Llámame…

—Que procurarás hacerme un hueco en tu apretada agenda social, ¿a qué sí? —lo interrumpió Gillian, completando la frase.

—Exacto.

—Intentaré recordarlo —dijo, haciéndose la interesante, lo que propició que su amigo elevara una ceja al estilo Mark Brady y que Gillian soltara una carcajada—. Tranquilo, que te llamaré.

—Eso está mejor. Ahora, ve. Yo me quedo aquí hasta que hayas entrado.

Los ojos de Gillian se iluminaron de ternura.

—¿Tienes miedo de que salga pitando en cuanto dobles la esquina, grandullón? —le frotó el antebrazo en un gesto cariñoso —. No hace falta que te quedes.

Ambos detestaban las despedidas y los dos lo sabían.

—Ve —insistió él—. No me moveré hasta que hayas entrado.

Y cuando a él se le ponía una idea entre ceja y ceja no había quién le hiciera cambiar de opinión. Y los dos lo sabían.

—*Vaaale*, voy —replicó ella. Con un gesto cómico, de acercarse sigilosamente a la casa como si no quisiera que nadie la viera, abrió la puerta y dio un paso hacia el interior de la vivienda.

El intenso olor a tabaco y a aceite de freír rancio fue como un baño de realidad para Gillian; del último recoveco de su mente, enterrado junto a otros recuerdos indisolublemente unidos a su madre, al aquí y ahora sin solución de continuidad. Las ganas de salir corriendo volvieron a hacer acto de presencia, pero una vez más, se sobrepuso. Tenía que hacerlo. Con una sonrisa que procuró que fuera amplia y sobre todo creíble, se volvió hacia su amigo al tiempo que empujaba la puerta. Le hizo adiós con una mano.

Él permaneció inmóvil, mirándola.

La puerta estaba a punto de cerrarse cuando Jason volvió a hablar.

—Gillian...

Ella asomó la cabeza. Vio que él pronto apartaba la vista, y que sus ojos se perdían en el bloque de viejas viviendas que había enfrente, como si buscara algo allí...

Jason miraba alrededor intentando situar mentalmente a su amiga en aquel inmundo arrabal. Y cuanto más reparaba en detalles que antes le habían pasado desapercibidos, más ajeno le parecía todo aquello. Ella no pertenecía a aquel mundo, no pintaba nada entre tanta sordidez. Pero su madre vivía allí, la había reclamado y Gillian no la dejaría sola, a merced de su suerte... Ni entonces ni nunca. Ahora, lo que rebuscaba en su confuso cerebro, era la forma de decirlo. Las palabras adecuadas. O quizás, el valor para pronunciarlas en voz alta.

Volvió a mirarla, y ella supo que estaba preparado, que lo que fuera que buscara, lo había encontrado.

—Prométeme que volverás —lo escuchó decir.

Aquellas tres palabras tuvieron un efecto demoledor sobre ella. Tragó una y otra vez, desesperada por hacer que aquel nudo que le atenazaba la garganta se aflojara un poco y le permitiera reponerse. Asintió repetidamente, moviendo la cabeza como una marioneta loca, procurando desviar la atención de su amigo con aquel gesto gracioso, a sabiendas de que si intentaba abrir la boca, decir algo, lo que fuera… ya no sería capaz de ocultarla. Y Dios… *tenía que hacerlo.*

Pero para él no fue suficiente. Necesitaba oírlo. Necesitaba saber, *y que ella supiera,* que aquel rincón miserable del mundo no acabaría engulléndola.

—Dilo.

Gillian hizo como si se le hubiera caído algo para poder tener una excusa que le permitiera ganar tiempo mientras se agachaba a recogerlo, y que su larga cabellera le ocultara el rostro, y que él no viera que estaba a punto de hacer algo tan inusual en ella como echarse a llorar de pura gratitud. Para evitar hacerlo. Se negaba a aceptar que aquello fuera lo último que compartieran. Lágrimas, no. Ni siquiera aunque fueran de agradecimiento.

Jason volvió a hablar.

—Dilo, Gillian. Prométemelo.

La joven se incorporó lentamente, apurando hasta el último segundo. Al fin, alzó la vista hasta su amigo. Sus preciosos ojos claros la miraban fijamente.

—Te lo prometo. —Asintió con la cabeza, reafirmando aquellas palabras que aún reverberaban en su interior, infundiéndole valor—. Dos años, y me verás subiendo el camino del rancho, Jay. Tienes mi palabra.

Jason exhaló un suspiro aliviado, ella otro y al fin los dos sonrieron.

Entonces, él la empujó suavemente hacia el interior de la casa y cerró la puerta sin darle tiempo a nada más. A continuación, se alejó con la vista fija en la furgoneta, en la que se marchó poco después.

Al otro lado de la puerta, Gillian permaneció inmóvil, recostada contra la desconchada superficie de madera. Sus ojos recorrieron el pequeño recibidor de paredes desnudas. Inspiró profundamente y dejó que aquel olor penetrante la invadiera por completo.

Dentro de veinticuatro meses, a aquellas horas, estaría subiendo el camino jalonado de nogales y robles centenarios que conducía a la casa de los Brady. Volvería a su único y verdadero hogar. A Eileen y John, y a Mandy y a Mark...

Y junto a la persona más importante del mundo para ella.

Gillian esbozó una sonrisa cuando la imagen del *quarterback* apareció en su mente, tan vívida, tan entrañable, tan imponente como si lo estuviera viendo con sus propios ojos.

Volveré a ti, Jay.

¡Dios, qué fuerte y a salvo la hacía sentir aquel pensamiento! Tanto, que se aseguraría de traerlo a su mente unas doscientas veces por día... O mejor, quinientas, para ir sobre seguro.

Volveré a ti.

Entonces, comprendió en qué radicaba su fuerza. Aquella frase era mucho más que un pensamiento reconfortante. Mucho más que un sueño que la llenaba de ilusión, de alegría, de esperanza...

Ahora, era una promesa.

Serie Sintonías de Patricia Sutherland

Si deseas recibir información puntual de los proyectos que ocupan mi mente y mi mesa de trabajo, te recomiendo Románticas, el boletín mensual que edito desde 2007. Es gratuito. Inscríbete en esta dirección web:

http://www.jeraromance.com/Romanticas

Sobre Patricia Sutherland

Su estreno oficial en el mundo romántico español tuvo lugar en abril de 2011, de la mano de *Princesa*, una novela que aborda el controvertido asunto de la diferencia de edad en la pareja, y que ha enamorado a las lectoras. Han sido sus apasionadas recomendaciones y su permanente apoyo, las que han convertido a *Princesa* en un éxito y a Dakota, su protagonista, en el primer héroe romántico creado por una autora española que cuenta con su propio club de fans en Facebook.

En noviembre de 2012, *Princesa* obtuvo el I Premio Pasión por la Novela Romántica. En dicho mes, asimismo, fue nominada en tres categorías, Mejor Novela, Mejor Autora Chicklit y Mejor Portada en el marco de los I Premios Chicklit España.

Un año más tarde, en noviembre de 2013, salió *Harley R.*, la segunda entrega de la Serie Moteros de la que *Princesa* es ahora el primer libro, una novela sobre el amor después del desamor y las segundas oportunidades. En febrero de 2014, *Harley R.* resultó ganadora del II Premio Pasión por la Novela Romántica y más tarde fue nominada al Premio Rosas Romántica'S 2013 y a los Premios RNR (Rincón de la Novela Romántica) 2013.

También es autora de la serie romántica Sintonías, compuesta por Volveré a ti (2014) *Bombón* (2007), *Primer amor* (2007), *Amigos del alma* (2008) y Simplemente perfecto (2014).

Patricia Sutherland nació en Buenos Aires, Argentina, pero está radicada en España desde 1982.

Página oficial:
Jera Romance
www.jeraromance.com